新潮文庫

老人と海

ヘミングウェイ
高見　浩訳

新潮社版

11319

目次

老人と海

漁師は老いていた。一人で小舟を操って、メキシコ湾流で漁をしていたが、すでに八十四日間、一匹もとれない日がつづいていた。最初の四十日は一人の少年がついていたのだが、一匹もとれない日が四十日もつづくと、あのじいさん、もうどうしようもないサラオだな、と少年の両親は言った。サラオとはスペイン語で〝不運のどん底〟を意味する。少年は両親の言いつけで別の舟に移り、その舟は最初の一週間で上物を三匹釣り上げた。老人のほうはその後も毎日空っぽの舟でもどってくる。それを見ると少年は悲しくて、いつも浜に降りていっては、老人が巻き綱や手鉤（てかぎ）や銛（もり）などを運び上げるのを手伝った。帆を巻きつけたマストも運んだ。帆には小麦粉の袋で継ぎがあてられていて、マストに巻きつけられた姿は際限もない敗北の旗といった風情（ふぜい）だった。

老人は痩(や)せていた。体は筋張っていて、うなじには深い皺(しわ)が刻まれている。熱帯の海が照り返す陽光で、両の頬には茶色く変色したしみができており、それは頬の下のほうにまで及んでいた。両手には、重い魚を釣り綱で引き上げたときにこすれた深い傷跡がある。どれも新しいものではない。魚のいない砂漠に残る浸食作用の跡のような、古い傷だ。

全身、枯れていないところなどないのだが、目だけは別だった。老人の目は海と同じ色をしていた。生き生きとしていて、まだ挫(くじ)けてはいなかった。

「ねえ、サンチアゴ」少年は先に小舟を引き上げた砂地をのぼりながら言った。「ぼく、また一緒にいけると思うんだ。お金もすこし稼いだから」

少年は老人から漁の仕方を教わった。だから老人を慕っていたのだ。

「いかん」老人は答えた。「あの舟にはツキがある。乗りつづけていたほうがいい」

「でも、以前、魚が一匹もとれない日が八十七日もつづいたのに、そのあと三週間、二人で毎日大物を釣ったことがあったよね」

「たしかにな」老人は言った。「わかってるとも、おまえが舟を乗り換えたのは、おれに見切りをつけたからじゃないってことは」

「しょうがなかったんだよ、親父（おやじ）の言いつけだから。ぼくはまだ子供なもんで、抗（さか）らえないんだ」

「そりゃそうだろう」老人は言った。「むりもない」

「すぐ気が変わるんだ、うちの親父」

「そうらしいな。だが、おれたちはちがうだろうが。なあ？」

「うん」少年は言った。「ねえ、〈テラス〉でビールを奢（おご）らせてくれない。残りを運ぶのはその後にしようよ」

「そいつはいい」老人は答えた。「お互い、漁師仲間だからな」

二人は〈テラス〉という店に落ち着いた。何人もの漁師がからかい半分に声をかけてきても、老人は腹を立てなかった。年配の漁師たちになると、老人を見て胸を痛めたが、それを表には出さず、何食わぬ顔で、その日の潮の流れやら、釣り綱を流した水深、好天続きの日よりや目についたあれこれなどを語り合っていた。けっこうな獲物を釣り上げた漁師たちは、すでにもどってきていた。獲物のマカジキは、腸（はらわた）を抜かれて二枚の板に並べられ、二人の男がその板の端を支えて倉庫までよたよたと運んだ。マカジキはいずれ冷蔵トラックでハバナの魚市場まで運ばれることになる。サメを獲った連中はすでに獲物を入り江の対岸にあるサメの処理場に運び込んでいた。サメはそこで滑車で吊り上げられて肝臓を抜かれ、ひれを切り取られる。皮も剝ぎとられてから、肉が切り身にされて塩漬けにされるのだ。

東風が吹くと、サメ処理場の匂いが入り江を渡ってくるのだが、きょうはほんの微かに鼻先をかすめる程度だった。北向きに変わった風が、はたと止んでしまったせいだ。〈テラス〉の店先は日を浴びて心地よかった。

「ねえ、サンチアゴ」少年が言った。

「おう」老人はグラスを手に、だいぶ昔のことを考えていた。

「あしたの漁に使うイワシ、とってきてあげようか？」

「いや。それより野球でもしたらどうだ。おれはまだ漕げるし、ロヘリオが網を投げてくれるさ」

「でも、とってきたいな。一緒にいけないのなら、他のことで役立ちたいんだよ」

「ビールを奢ってくれただろうが」老人は言った。「もう一人前の男だ」

「はじめて漁につれてってもらったのは、いくつのときだったっけ？」

「五つのときだ。おまえはすんでに死ぬところだった。まだ弱ってもいない魚をおれが引き揚げてしまってな。そいつが舟をめちゃめちゃにしそうなくらい暴れたもんで。覚えているか？」

「覚えてるよ、尾ひれが渡し板にびしばし当たって、板が折れちゃっただろう。棍棒でぶん殴った音も覚えてるし。ぼく、おじいさんに、舳先のほうに突き飛ばされちゃって。あそこには濡れた巻き綱があったよね。舟はぐらぐら揺れてて、おじいさんが棍棒でぶっ叩く音なんか、木を切り倒してるみたいだったし、まわりは血の匂いでむんむんしてたよ」

「それは本当に覚えてるのかな。おれが話してやったことじゃないのかい？」

「ううん、みんな覚えてるよ、あれからのこと、何もかも」

老人は日焼けした顔でじっと少年を見た。信頼の色のこもる優しい眼差しだった。

「おれの息子だったら、思い切ってつれ出す手もあるんだが」老人は言った。「おまえはおやじさんとおふくろさんの息子だ。それに、いま乗っている舟はまだ運気がいい」

「ねえ、イワシ、とってこようか？　餌魚も四匹、すぐ手に入れられるし」

「いや、きょう使い残した分があるんだ。塩をふって箱に入れてある」

「生きのいいのを四匹、持ってきてあげるって」

「ならば、一匹でいい」希望と自信を、老人はまだ失ってはいなかった。それはいま、風が立ちあがるように息を吹き返していた。

「二匹がいいんじゃない」

「じゃあ、二匹にするか」老人は受け入れた。「しかし、どこかでくすねたんじゃあるまいな?」

「そうしようと思えばできたけど、でも、ちゃんとお金を払ったんだ」

「すまんな」老人は朴訥(ぼくとつ)な男だったから、いつから自分はこんなに腰が低くなったんだ、などと気に病んだりはしない。が、そうした自分の変化はわかっていて、それが別に恥ずかしいことだとも、男の面目にかかわることだとも思ってはいなかった。

「あの潮の流れだと、明日はいい日になるぞ」

「どの辺まで舟を出すの?」少年は訊(き)いた。

「ずっと沖合まで出て、風向きが変わったらもどってくる。夜明け前には出てしまわんと」

「じゃあ、ぼくのほうの舟も沖で漁をするように頼んでみるよ。そしたら、おじいさんがすごい大物を引っかけたとき、すぐ加勢に駆けつけられるから」

「あいつは沖まで出たがらんさ」

「そうなんだ。でも、ぼく、魚を追う鳥とか、ぼくにしか見えないものに目をつけてさ、ぼくの舟もシイラを追って沖に出るように仕向けるから」

「あいつの目、そんなに悪いのか？」

「ほとんど見えてないね」

「妙だな」老人は言った。「あいつは海亀獲り(うみがめど)には手を出さなかったはずだが。あれをやると目を悪くするんだ」

「でも、おじいさんは長年モスキート海岸のあたりで海亀獲りをやってたのに、目はいいじゃない」

「おれは変わり者のじじいだからな」

「でも、いまだって、とんでもない大物がかかっても、びくともしないよね？」

「かもしれん。まあ、いろんなコツもわきまえているし」

「じゃ、そろそろ道具を運んじゃおうよ。ぼくは投網(とあみ)を持って、イワシをとってくるから」

二人は小舟から道具を抱え上げた。老人はマストを肩に担(かつ)ぎ、少年は固く縒(よ)り合わせた茶色い釣り綱が巻かれて入っている木箱を運んだ。手鉤と、柄のついた銛も少年が運んだ。餌箱は棍棒と一緒に船尾の船底に押し込んだままにしておいた。この棍棒は大きな魚を舟の脇(わき)に寄せたときに、打ち据えて弱らせるために使う。老人の持ち物を盗むやつなどいるはずはないが、帆や重い釣り綱は夜露に濡れるとまずいので持ち帰ったほうがいいのだ。たとえ村の人間に盗みを働く者などいなかろうと、手鉤や銛を舟に残しておけば無用な出来心を生じさせかねないとも老人は考えていた。

二人は一緒に小屋まで歩いて、あいた戸口から中に入った。老人が帆を巻いたマストを壁に立てかけると、少年は木箱や他の道具をそのわきに置いた。一間(ひとま)しかない小屋の奥行きは、マストがどうにかおさまる程度だった。小屋はグアノと呼ばれるダイオウヤシの葉の丈夫な茎でできており、ベッドとテーブルと椅子(いす)が一つずつあった。土間には炭火で煮炊(にた)きのできる一画もある。丈夫な繊維質のグアノの葉をひらたく重ねてつくった茶色の壁には、聖心を持つイエスとコブレの聖母マリアの彩色画が飾ってある。どちらも亡き妻の形見だった。以前は色付けした妻の写真もそこに飾ってあったのだが、見るとたまらなく寂しくなるので外してしまった。いまは隅の棚に置いて、洗いたてのシャツをかぶせてある。

「食事はどうするの？」少年は訊いた。

「魚を炊き込んだ黄色いめしがある。おまえも食べるかい？」

「ううん、いい。うちで食べるから。じゃ、火をおこそうか？」

「いや。あとで自分でするさ。冷めたままのを食べてもいいしな」

「投網、借りてってもいい？」

「ああ、かまわんよ」

実は、投網などなかった。売ってしまったときのことを、少年は覚えている。が、二人は毎日そんな芝居をくり返しているのだ。魚を炊き込んだ黄色いめしなどないことも、少年にはわかっていた。

「八十五というのは、実は縁起のいい数字だぞ」老人は言った。「ひとつ大物を揚げてみせようか、捌いた身の部分だけで千ポンド以上にはなる大物を？」

「ぼく、投網を借りて、イワシをとってくるよ。戸口で日向ぼっこでもしててくれる？」

「そうだな、きのうの新聞があるから、野球の記事でも読むとするか」

きのうの新聞も作り話なのかどうか、少年にはわからなかった。が、老人はベッドの下からそれをとりだした。

「酒屋（ボデガ）でペドリコからもらったのさ」老人は説明した。

「イワシをとったらもどってくるよ。おじいさんの分もぼくの分も、氷にのせておくから。あすの朝になったら、二人で分けようよ。もどってきたら、野球の情報おしえてね」

「まずヤンキースは負けっこない」

「でも、クリーヴランド・インディアンスも曲者（くせもの）だよ」

「ヤンキースを見そこなっちゃいかん。あの名手ディマジオがついてるんだぞ」

「デトロイト・タイガースとクリーヴランド・インディアンスも不気味だし」

「そんな弱気でいたんじゃ、別のリーグのシンシナティ・レッズやびりっけつのシカゴ・ホワイトソックスまで心配だってことになっちまうぞ」

「しっかり読んで、ぼくがもどってきたら教えてね」

「それはそうと、八十五って数字入りの宝くじでも買ってみるか。あすは八十五日目だから」

「いいかもしれないね。でも、サンチアゴ、八十七日っていう大記録があるじゃない。あれはどうするの？」

「あんなことは二度とあるもんじゃない。八十五って数字入りの宝くじ、買えるかな？」

「買えると思うけど」

「じゃあ、一枚たのむ。二ドル半だが、だれに借りたものか」

「そんなの簡単さ。二ドル半くらい、ぼくだって借りられるよ」

「おれも借りられるだろうが、やらんことにしている。一度借りると、次は物乞い（ものごい）だ」

「とにかく、体を冷やさないでね」少年は言った。「もう九月なんだから」

「大物が相手の月だな。これが五月だと、だれでも漁師でございで通るもんだが」

「じゃあ、イワシをとってくるね」

少年がもどってくると、老人は椅子にすわったまま眠っていた。日はもう落ちていた。少年はベッドから古い軍用毛布をとってきて、椅子の背から老人の肩にかけてやった。不思議な肩だった。すっかり老いているのに、まだ逞(たくま)しい。首筋も強靭(きょうじん)だった。こうして頭(こうべ)を垂れて眠っていると、皺もほとんど目立たない。シャツは継ぎはぎだらけであの帆を思わせたし、日にさらされて濃淡もまだらに色褪(いろあ)せている。さすがに横顔は老(ふ)け込んでいて、そうして目を閉じていると生きているようにも見えない。膝(ひざ)には新聞がひろげられたままだった。夕風にはためきながらも、手の重みでおさえられている。老人は裸足(はだし)だった。

そっとその場を去った少年がまたもどってくると、老人はまだ眠っていた。

「ねえ、起きてよ、おじいさん」少年は老人の膝に手を置いた。

老人は目をあけた。一瞬、はるか遠くからもどってきたような目をしてから、微笑を浮かべた。

「それは何だい？」

「夕食さ」少年は答えた。「二人で食べるんだよ」

「そんなに腹はすいとらんぞ」

「だめだよ、食べなくちゃ。食べずに漁になんかいけないよ」

「おれはよくやったもんさ」老人は身を起こした。新聞をたたんでから、毛布もたたもうとする。

「毛布はまだ肩にかけておいたら」少年は言った。「ぼくが生きているあいだは、空(す)きっ腹で漁になんかいかせないから」

「そうか、じゃあ、おまえにはせいぜい体に気をつけて、長生きしてもらわんとな」老人は言った。「で、何を食わせてもらえるんだ？」

「黒豆のごはんとバナナのフライ。それとシチューもあるから」

それは二段重ねの金物(かなもの)の容器に入れて、あの〈テラス〉から運んできてあった。二人分のナイフとフォークとスプーンも、紙ナプキンにくるんでポケットに入れてある。

「だれから渡されたんだい？」

「マーティンだよ。店主の」

「じゃあ、礼を言わなきゃな」

「もうぼくが言っといたから。おじいさんは言わなくていいよ」

「大物が釣れたら、腹の身でも分けてやろう。こういう気遣(きづか)い、これが初めてじゃあるまい？」

「まあね」

「だとすると、腹の身だけじゃすまんぞ。それほど気遣ってくれるんだから」

「ビールも二本、つけてくれたんだ」

「缶ビールは最高だ」

「そうだよね。もらったのは壜入り(びんい)だけど。アトウェイ・ビール。ぼくが壜を返しておくよ」

「それはすまんな。じゃあ、食べるとするか？」

「やっと食べてくれるんだね」少年は優しく言った。「その気になってくれるまで、入れ物の蓋(ふた)をあけたくなかったんだ」

「さあ、その気になったぞ」老人は言った。「なに、手を洗う時間がほしかったもんでな」

でも、いったいどこで手を、と少年は思った。村の水場を利用するには、道路を二つ渡ったところまでいかなければならないのだ。ここに水を運んでおいてやらなくちゃ、と少年は思った。それから、石鹼(せっけん)ときれいなタオルも。どうしてぼくはこんなに気がきかないんだ？　シャツももう一着あったほうがいいし、冬向きの上着も必要だ。何か足に履くものと、毛布ももう一枚あったほうがいいな。

「うまいシチューだ」老人は言った。

「ねえ、野球の話をしてよ」少年はせがんだ。

「アメリカン・リーグは、言ったとおり、ヤンキースのもんだな」老人は満足げに言った。

「きょうは負けたよ」

「それがなんだ。あのディマジオ、もうすっかり本調子なんだぞ」

「ヤンキースは他にもいい選手がいるしね」

「そうとも。しかし、やっぱり、あの男がいてこそのヤンキースさ。ナショナル・リーグはブルックリンとフィラデルフィアの争いだが、これはもうブルックリンだろう。しかし、フィラデルフィアにはディック・シスラーがいるからな。以前、冬のリーグの最中、古い球場ですごい当たりをかっ飛ばしたろうが」

「あれ、本当にすごかったよね。いままで見たなかでも、いちばん大きい当たりだったよ」

「〈テラス〉にもよくきてたんだが、覚えているか？　一度釣りに誘いたかったんだが、どうにも気後れしてだめだった。それでおまえに誘わせようとしたんだが、やっぱり尻込みしてだめだったな」

「そうだったね。あれは大失敗だったよ。思い切って声をかけてたら、一緒にいってくれたかもしれないもの。そうしたら、一生の記念になったのにな」

「つれ出したいといや、あのディマジオもそうだな」老人は言った。「おやじさんが漁師だったというし。きっと、おれたち同様貧乏だったんだろう。だから、こっちの頼みも聞いてくれるかもしれん」

「シスラーのおやじさんは貧乏じゃなかったね。シスラーがぼくぐらいの歳だった頃は、大リーグでプレイしてたんだから」

「おれがおまえくらいの歳には、ひらの水夫をやってたんだ。アフリカ通いの横帆船に乗り組んでな。夕方になると、砂浜を歩くライオンを見かけたもんだ」

「それ、前にも話してくれたね」

「アフリカの話と、野球の話と、どっちがいい？」

「野球のほうかな」少年は答えた。「ジョン・J・マッグローの話をしてよ」少年はJをホタと発音した。

「あの男も昔は〈テラス〉に顔を出すことがあってな。飲むと居丈高になって遠慮ない口をきく、扱いづらい男だった。野球に劣らず、競馬にも目がなくて、ポケットにはいつも出馬表が入ってるのさ。しょっちゅう電話で馬の名前をまくしたてていた」

「でも、すごい監督だったんだよね。いちばんの凄腕(すごうで)だったって、うちの親父なんか言ってるもの」

「キューバに何度もきてたからな。もしドローチャーなんかが毎年キューバにきていたら、ドローチャーほどの名監督はいない、と親父さんは言うだろうよ」

「本当はだれがいちばんすごい監督なの？　ルケ？　それともマイク・ゴンサレス？」

「どっこいどっこいだな、その二人は」

「で、最高の漁師はおじいさんだよね」

「そりゃあない。もっとすごいのがいくらでもいる」

「とんでもない。上手な漁師はたくさんいるし、凄腕の漁師もいるけど、おじいさんみたいにすごいのは一人もいないよ」

「ありがとよ。嬉しいことを言ってくれる。いずれ、とんでもない大魚が現れて、いまのはみんなたわごとだったなんて結果にならなけりゃいいが」

「おじいさんの腕がたしかなうちは、そんな魚いっこないよ」

「なに、おれは口ほどにもないかもしれん」老人は言った。「ただ、いろいろなコツは心得ているし、肚もすわっているつもりだ」

「もう寝たほうがいいね。あしたの朝、冴えた気分になれるように。返すものは、ぼくが〈テラス〉まで運んでおくから」

「じゃあな、おやすみ。朝になったら、起こしにいってやるから」

「ぼくの目覚まし時計だからね、おじいさんは」

「おれの目覚まし時計は、年齢ってやつさ。年寄りはどうして早く目を覚ますんだ？　一日を長く使いたいせいかな？」

「どうなんだろう。子供は朝寝坊で、寝起きが悪いのはたしかだけど」

「ああ、それは覚えがあるぞ」老人は言った。「とにかく、間に合うように起こしてやろう」

「あの舟の大将には起こされたくないんだ。まだ半人前扱いされてる気がして」

「そうだろうな」

「じゃあ、ぐっすり眠ってね」

少年は出ていった。二人が食べたテーブルには明りもなかった。老人は暗がりでズボンを脱ぎ、ベッドに足を運んだ。新聞を芯(しん)にしてズボンを巻き、枕(まくら)代わりにする。自分も毛布にくるまって、スプリングの上に古新聞を敷いたベッドに横たわった。

すぐ眠りに落ちて、少年の頃のアフリカの夢を見た。どこまでものびる黄金色の浜辺。目が痛くなるほど真白(ましろ)に輝やく砂浜。そして、高い岬と雄大な褐色の山々。いま老人は毎夜この沿岸に生きて、夢の中で寄せくる波の轟(とどろ)きを聞き、波頭を切り裂いて漕ぎ寄せる原住民たちの小舟を見る。甲板の隙間(すきま)を埋める植物繊維の槇肌(まいはだ)の匂いとタールの匂いを嗅(か)ぎ、夜明けに陸風が運ぶアフリカの匂いをかいだ。

いつもなら陸風の匂いを嗅ぐと目を覚まし、服を着て少年を起こしに出かける。だが、今夜はその匂いの訪れがやけに早く、これはまだ夢の最中だと思って、そのまま夢を見つづけた。島々の白い高峰が海上にそそり立つさまが見えてきて、カナリア諸島のあちこちの港や泊地も見えた。

いまはもう嵐の夢は見ない。女たちも、大事件も、大魚も、喧嘩や力比べも、亡き妻も、夢にはもう出てこない。いまはただ、あちこちの土地や、浜辺で戯れるライオンしか夢には現れない。黄昏の浜辺で子猫のように戯れるライオンたち。老人は少年を愛するように彼らを愛した。少年の夢を見ることはまずない。やがて老人は目を覚ました。開け放しの戸口から月を眺め、巻いていたズボンをほごしてはいた。小屋の外で小便をしてから、小道を登って少年を起こしにゆく。朝の冷気で体が震えた。が、震えているうちに体は温まるはずだし、どうせじきに小舟で海に漕ぎだすのだ。

少年の暮らす家も戸締りはしていない。老人は戸をあけて、裸足のまま静かに中に踏み込んだ。少年はとっつきの部屋の寝台で眠っていた。薄れゆく仄かな月明りでも、寝姿がはっきり見えた。その片足をそっとつかんでいると、少年が目を覚ましてこちらを向き、じっと見つめてきた。老人はうなずいた。少年は寝台の脇の椅子からズボンをとりあげ、ベッドに腰かけたままはいた。

老人が外に出、少年が後につづいた。まだ眠たそうだった。老人は少年の肩に腕をまわして言った。「すまんな」

「どうってことないよ」少年は答える。「一人前の男なら、これくらい」

二人は老人の小屋まで降りていった。途中、他にも裸足の男たちが、舟のマストをかついで暗がりの中を歩いていた。

老人の小屋に着くと、少年は巻いた釣り綱入りの籠と、銛と、手鉤を持った。老人は帆を巻いたマストをかついでいく。

「コーヒーを飲んでいく？」少年が訊いた。

「これをみんな、舟にのせてからにするか」

二人は漁師向けに早朝から開いている店で、コンデンスミルクの空き缶に入ったコーヒーを飲んだ。

「ゆうべはよく眠れた、おじいさん？」少年がたずねる。自分はまだ眠気を追い払えないのだが、すこしは目が覚めてきていた。

「ああ、眠ったとも、マノーリン」老人は答えた。「きょうはいっちょう、やってやれそうだ」

「ぼくもそうなんだ。じゃあ、イワシをとってこなくちゃ、おじいさんのと、ぼくのとね。それから、生きのいい餌魚も持ってきてあげる。いまの舟の大将は、一人で道具を運び込むんだ。他人には何も運ばせたがらないんだよ」

「人それぞれだからな」老人は言った。「おれはおまえが五つのときから道具を運ばせたし」

「そうだったよね。じゃあ、すぐにもどるから。コーヒー、もう一杯飲んでて。ここはツケがきくんだ」

少年は裸足で珊瑚岩を踏みしめて、氷室のほうに向かった。そこには餌魚が保管されている。

老人はゆっくりとコーヒーを飲んだ。きょう腹におさめるのはこれだけだから、しっかり飲んでおいたほうがいいのだ。食事をするのが億劫になってから、ずいぶんとたつ。もう弁当も持っていかない。舟の舳先に水入りの壜を一本置いてあって、それで一日は十分にもった。

イワシと二匹の餌魚を新聞紙に包んで、少年がもどってきた。二人は小石まじりの砂を足裏に感じながら小舟まで歩き、一緒に小舟を持ち上げて、砂の上をすべらせながら海に出した。

「じゃあ、運が向くようにね、おじいさん」

「おまえもな」老人は両方のオールを船べりの櫂軸（かいじく）にくくりつけた。それから前かがみになって、水圧をはね返すように漕ぎながら、暗い入り江を外海に向かった。他の浜からも外海に出てゆく舟が何艘（そう）もあった。すでに月が山陰に沈んでいるため姿は見えないが、オールが水を掻（か）く音は老人にも聞こえた。

ときどき話し声も伝わってくる。だが、大半の舟は物音を立てず、ただオールが水を掻く音しか聞こえない。湾口を出ると舟はバラバラに散って、それぞれに、ここぞと頼む漁場に向かってゆく。きょうはかなり沖合に出るつもりだったから、老人は陸の匂いを後に、すがすがしい早朝の匂いを放つ海原（うなばら）に漕ぎ出していった。海中で流れ藻（も）のホンダワラが燐光（りんこう）を放っているのが目に入る。そこは漁師たちが大井戸と呼ぶ水域で、海底がいきなり七百尋（ひろ）も深く落ち込んでいる。その険しい陸棚に潮流がぶつかって大渦が生じるため、あらゆる類（たぐい）の魚が集まってくるのだ。小エビや各種の餌魚、ときにはイカの大群などが深い穴に群れ集い、夜間、海面近くに浮上しては回遊魚たちに食われている。

暗がりのなかで、老人には朝の訪れが感じとれた。トビウオがぶるんと身を震わせて海面から飛び上がり、ひれを翼のように張ってしゅっと飛翔してゆく。その気配が、オールを漕ぎながら聞きとれるのだ。海に出たときのごく親しい仲間、トビウオ。老人はトビウオをことのほか気に入っていた。可哀そうなのは鳥たちだ。とりわけ小柄で華奢な黒いアジサシなどはしょっちゅう飛びまわって餌を探しているのに、うまく見つけられない。鳥の暮らしはおれたちよりずっとしんどそうだな、と老人は思う。獲物を盗む鳥や、でかい図体の丈夫な鳥は別にしても。だいたい海には冷酷な面もあるのに、どうして鳥って生き物はアジサシのように、ああもひ弱にできているのか。そりゃ海は優しくて、めっぽうきれいだ。でも、同時に、ひどく冷酷になったりもする。それも、いきなり変わるのだ。それだけに、かぼそい哀れな声をあげて飛んでは海面に急降下して餌をあさる鳥たちは、海で生きるにはあまりにひ弱にできているのではなかろうか。

老人の頭のなかで、海は一貫して〝ラ・マール〟だった。スペイン語で海を女性扱いしてそう呼ぶのが、海を愛する者の慣わしだった。そうして海を愛する者も、ときに海を悪しざまに言うことがあるが、女性に見立てることには変わりない。若い漁師たち、釣り綱の浮き代わりにブイを使ったり、サメの肝臓で儲けて買ったエンジン付きの舟で漁に出たりする連中のなかには、海を〝エル・マール〟と男性形で呼ぶ者もいる。そういう連中は海を競争相手か、単なる仕事場か、甚だしい場合は敵のように見なす。だが、老人はいつも海を女性ととらえていた。大きな恵みを与えてくれたり、出し惜しみしたりする存在ととらえていた。ときに海が荒れたり邪険に振舞ったりしても、それは海の本然というものなのだ。海も月の影響を受けるんだろう、人間の女と同じように。老人はそう思っていた。

いまはいい調子で漕いでいたが、それは造作もないことだった。いつもの速度を優に保っていたし、海面も凪いでいて、ときどき潮が渦を巻く程度だったからだ。漕ぐ力の三分の一くらいは潮の流れにまかせていた。空が明るみはじめた頃には、思ったよりずっと沖合にまで達していた。

この一週間、大井戸のあたりをあたってみたが、一匹もかからなかったな、と老人は思った。きょうはカツオやビンナガが群れているところをあたってみるか。大物もまじっているかもしれん。

餌の仕掛けは、まだ夜が明けきらないうちに海中におろして、潮の流れに舟をゆだねていた。餌は四十尋の深さに一本、七十五尋の深さに一本、それと百尋と百五十尋の深さにも一本ずつ、青い海中に垂らしてある。どの餌魚も釣り鉤（ばり）の軸に下向きに刺し貫ぬかれていて、糸でしっかりくくってある。鉤の先端、反り返った胴曲げから先曲げにかけても、生きのいいイワシが隙間なく突き刺してあった。どれも両目刺しにされて並んでいるから、半円形のイワシの花輪のように見える。これなら大魚が近寄ってきたとき、鉤全体がうまそうな味と匂いで待ちかまえていることになろう。

少年からは、生きのいい小ぶりのビンナガを二匹もらってあった。それはいまいちばん深く沈めた二本の綱の先に重りのように吊るしてある。あとの二本の綱先につけたのは、大ぶりのクロカイワリというアジとシマアジだ。どちらも昨日からの持越しだが、まだ状態はいいし、新鮮なイワシも鉤先についている。いい匂いで獲物に誘いをかけてくれるはずだ。綱はどれも大きな鉛筆ほどの太さだった。途中に輪をつくって、竿（さお）代わりの生木の枝の先にくくりつけてある。強弱いずれの引きがあろうと、枝がぐっとしなる仕掛けだ。綱はどれも四十尋の巻き綱二つ分とつながっていて、いざとなったら、それをさらに予備の巻き綱とつなげることもできる。掛かった魚がどう走ろうと三百尋以上の綱をくり出せるだろう。

老人は船べりから突き出た三本の枝の傾き具合に目を配り、釣り綱が垂直にたれて適切な深さを保つようゆったりと漕いでいった。すっかり明るくなった。日の出はもう遠くない。

太陽がわずかに顔を出して、他の舟の姿が見えてきた。海面すれすれに、かなり沿岸に寄って、潮流の上に散らばっている。ほどなく陽光が輝きを増し、海面がぎらぎらと照り映えた。日輪が完全に海面を離れると、凪いだ海が陽光を反射して、刺すような痛みが目を襲う。老人は顔をそむけて舟を漕いだ。海面を見下ろして、暗い水中に垂直に伸びている釣り綱に目をこらす。綱を真っすぐに保つことにかけては、だれにもひけをとらない。これなら、暗い潮流のここぞと思う位置に餌魚を垂らして、近くにいる魚を誘うことができる。他の漁師たちの場合は、綱が流れにもっていかれてしまい、百尋のたなを探っているつもりが六十尋だったりする。

だが、おれのやり方に狂いはないからな、と老人は思った。いまはツキに見放されているだけだ。でも、わからんぞ。きょうこそは運の潮目も変わるかもしれん。毎日が新しい日だ。運が向けば言うことはない。とにかく正確な手順を守ることだ。加えて運が向けば、何もかもうまくいく。

日が昇ってから二時間たった。もう東のほうを向いていても、目はさほど痛まない。目に入る舟は三艘に減った。どれもかなり沿岸に近く、海面に低くへばりついている。

明け方の太陽にはいつも目を痛めつけられてきたな、と老人は思った。それでもまだ、目はちゃんときく。夕方ならば、真っすぐ太陽のほうを向いても、差しさわりはない。夕方の太陽も相当ギラつくのだが、目が痛くなるのは朝のほうだ。

そのとき、一羽の軍艦鳥が目に入った。黒い翼を大きく広げて前方の上空を旋回している。見ていると、翼を背後にたたむようにして急降下し、また旋回に入る。

「何か見つけたな」と、声に出た。「ただ見ているだけじゃあるまい」

鳥が旋回しているほうに、ゆっくりと着実に漕いでゆく。釣り綱を垂直に保って、決して急がない。いくぶん潮流に乗り、鳥を目印にした分スピードが増したが、釣り綱は垂直のままだ。

軍艦鳥は高度を上げ、翼を静止させたまま再び旋回に移る。次の瞬間、急降下した。トビウオの群れが海面から飛び出して、必死に水上を飛翔してゆく。

「シイラだ」老人は言った。「大物だぞ、きっと」

オールを舟の中に引き上げて、舳先の底から細い釣り綱をとりだした。それにはワイヤーの鉤素(はりす)と中くらいの鉤(はり)がついている。鉤に餌のイワシを掛け、船べりから海中に垂らしておいて、一方の端を船尾のリングボルトにくくりつけた。もう一本の綱にも餌を掛け、こっちはコイル状に巻いたまま舳先の暗がりに置いておく。そこでまた舟を漕ぎ、いまは海面を舐(な)めるようにして獲物を狙(ねら)っている長い翼の黒い鳥の動きを追った。

見ていると、鳥はまた翼を傾けて急降下し、荒々しくも虚(むな)しく羽ばたいてトビウオを追う。そのうち海面がわずかに盛り上がった。大きなシイラの群れが浮上して、逃げるトビウオを追う。トビウオが懸命に飛翔する下で、シイラの背びれが海面を切る。トビウオが着水すれば、シイラはすさまじい速度で水中を追うだろう。このシイラ、かなりの大群だぞ、と老人は思った。いまは大きく散開しているから、トビウオはまず逃げられまい。軍艦鳥もくたびれ儲けだろう。トビウオのあの大きさと逃げ足の速さ、とても太刀打ちできるものじゃない。

海から次々に飛び出すトビウオと、それをぶざまに追いかける鳥の姿を老人は見ていた。あのシイラの群れもおれから逃げおおせたな、と思う。あいつら逃げ足が速くて、もう手が届かない。だが、はぐれたやつを一匹くらいはつかまえられるだろう。念願の大魚もやつらのまわりにいるかもしれない。どこかその辺にいるはずだ。

陸にかかる雲が山のように湧き上がってきた。沿岸は灰青色の山並みを背負った、長い緑色の線としか見えない。青い海水もくろずんできて、いまはほとんど紫色だ。見下ろすと暗い水中に、ふるいにかけてまき散らしたように赤いプランクトンの雲がむらがっている。そこでは陽光も奇妙な輝きを帯びていた。綱はどうかと目をこらすと、真っすぐ水中に垂れて見えなくなっている。大量のプランクトンは魚が寄ってくる証拠だから、老人も嬉しかった。日が高く昇って水中に妖しい光が射しているのは好天がつづく証拠だし、陸地にかかる雲の形もそれを裏づけている。だが、鳥はもうほとんど姿を消していた。いま海面で目に入るのは、日に灼けて黄ばんだ海藻ホンダワラと紫色の電気クラゲ、カツオノエボシくらいのものだ。海藻はあちこちに集まって浮いており、クラゲは虹色に輝くゼラチン状の浮袋の体をなして浮かんでいる。クラゲは横に倒れたと思うと、また立ち直る。泡のように楽しげに浮かんでいるが、背後には一ヤードもある紫色の有毒の糸を引いている。

「邪悪な水か（アグアマラ）」老人は言った。「この淫売（いんばい）め」

オールを手にしたまま軽く身をひねって、海中を覗（のぞ）き込む。毒糸と同じような色の小魚が泳ぎまわっていた。毒糸のあいだをすり抜けたり、浮袋の影の下をくぐったりしている。クラゲの毒も、あの小魚たちには効かんからな。しかし、人間はそうはいかない。釣りをしている最中、毒糸が綱にからんで紫色のねばつきが残ると、綱をたぐる腕や手にひどいみみずばれができてしまう。漆（うるし）の毒でかぶれたような痕（あと）だが、クラゲの毒はすぐにまわるし、鞭（むち）で打たれたような激痛が走る。

虹色のクラゲは見た目がきれいだが、この連中にはついつい騙（だま）されてしまう。この連中が大きな海亀に食われるところは、見ていても面白い。クラゲを見つけた海亀は正面から近づいてゆき、目を閉じて守りを固めると、毒糸から何からむしゃむしゃ食べてしまう。そうやって食われるところは面白いし、嵐の後の浜で見つけたときなど、自分で踏みつぶしたりもする。固い踵（かかと）で踏みつけるとぴしゃっとつぶれるあの音が小気味いいのだ。

海亀の中では、アオウミガメとタイマイが老人は気に入っていた。身ごなしが優雅で、俊敏で、相当の値打ちがあるからだ。図体がでかくて愚鈍なアカウミガメは、愛すべきうすのろと見ていた。黄色い甲羅に守られて、変わった流儀の交尾をするやつだが、目を閉じて満足そうにクラゲをパクついているところなど、なんとも愛嬌がある。

海亀獲りの舟には何年も乗ったが、亀を神秘的な生き物だと思ったことはない。むしろ可哀そうな連中だと思っていた。体長が小舟ほどもあり、重さが一トンもあるようなオサガメでもそうだ。漁師たちの大半が亀に冷たいのは、亀の心臓というやつ、殺されて切り刻まれても、まだ数時間も脈打っているからだ。だが、おれの心臓だってそんなものだし、手足だって連中とそう変わらんぞ、と老人は思っている。かねてから海亀の白い卵を食べているのは、精をつけるためだ。掛け値なしに大物の魚に出会う九月と十月に備えて、五月は毎日のように白い卵を食べている。

老人は毎日、コップ一杯のサメの肝油も飲んでいた。漁師たちの道具置き場の小屋に大きな缶が据えてあって、そこからすくって飲む。漁師のだれでも飲めるきまりだったが、たいていの者は肝油独特の味を嫌う。だが、難儀な早起きに比べればどうということはないし、風邪や流感の予防にもなる。目にもよかった。

空を見上げる。すると、また軍艦鳥が旋回していた。

「魚を見つけたな」と、声に出た。いまはトビウオが跳ね上がるでもなし、小魚が逃げまどってもいない。が、老人が見ていると、小さなマグロが一匹空中に跳ね上がり、身をひるがえして頭から先に海中に突っ込んだ。魚体が一瞬、日を浴びて銀色にきらめいた。それをきっかけに、マグロが次々に躍り上がって四方八方に飛んだ。水面をかき乱し、長い跳躍をして小魚を追っている。獲物を囲い込んで餌食にしようというのだろう。

あの動きに追いつけるなら、こっちも突っ込んでいくのだが、と老人は思った。見ていると、マグロの群れは海面を白く沸き立たせ、慌てて海面に浮上する小魚目がけて鳥が急降下して襲いかかってゆく。

「場所がわかる、大助かりだ」老人は言った。と、そのとき、輪にして踏んでいた綱がぐっと張った。船尾から垂らしておいた仕掛けの綱だ。すかさずオールから手を離し、綱をしっかり握ってたぐり寄せた。小ぶりのマグロが暴れる、ぶるぶるっとした手応え。かまわずなおもたぐり寄せると、ますます激しく暴れまわる。水中の青い背と金色の横腹を見届けてすぐ、綱を一気に引き上げた。マグロは船べりを越えてとびこんできた。引き締まった紡錘形の体が日を浴びている。どろんとした大きな目をむき、敏捷(びんしょう)な尾びれをぶるぶる動かして、舟板に最後の命の迸(ほとばし)りを叩きつけている。その頭に慈悲の一撃をくらわすと、老人はなおも震えている魚体を船尾の暗がりに蹴(け)り込んだ。

「ビンナガだな」と、声に出た。「餌魚にもってこいだ。十ポンドはあろう」

いつから独り言を洩(も)らすようになったのか、老人は思い出せない。昔は、他につれがいないときなどよく歌を口ずさんだものだが。漁船や海亀獲りの舟に乗り組んで、夜間、一人で舵取(かじと)り役の当直についていたときも、やはり歌をうたっていた。たぶん、独り言の癖がついたのは、少年が別の舟に移ってからだろう。だが、はっきりしたことは言えない。少年と一緒に漁に出たときは、必要なとき以外言葉は交わさなかった。話をするのは夜とか、嵐で漁に出られないときだった。漁の最中は無駄口を叩かないのがよしとされていて、老人もそれが当然と心得ていたから、そう振舞ってきた。だが、いまは迷惑をかける相手もいない。思いついたことは何度でも口に出した。

「独りでしゃべっているところを人に聞かれたら、さぞたわけたやつと思われるだろうよ」老人は言った。「でも、おれはまともな人間なんだから、かまうこたない。

金のあるやつなんぞは、舟にラジオを置いて、べらべらしゃべらせてるしな。野球の中継なんぞも聞いているし」

待て待て、いまは野球のことなどどうでもいい、と老人は思った。考えるとしたらたった一つ。そのことのために、おれは生まれてきたんだから。さっきの群れのまわりには、大物がいるかもしれんぞ。おれがつかまえたのは、小魚を追っていて、はぐれたやつなんだ、きっと。それにしても、きょうはやつら、めっぽう急いで遠ざかっていく。水面に上がってくるやつは、どいつもこいつもえらく急いで北東に向かっていくしな。この時刻のせいだろうか？　それとも、天気が変わる前兆でもあって、こっちが気づいていないだけなのか？

いまはもう沿岸の緑は見えなかった。ただ青い丘陵の峰々が雪をいただいたように白く映え、背後に聳(そび)える高い雪山と見まがう雲が、その上に浮かんでいるだけだった。くろずんだ海中には光がプリズムのように拡散している。無数のプランクトンの群れも、中天から射し込む陽光にかき消されている。老人の目には濃紺の海中の深みに広がるプリズム光しか見えず、一マイルの深さの海中に釣り綱がまっすぐ伸びている。

あのマグロの群れはまたもぐってしまった。漁師たちはあの種の魚をひとくくりにマグロと呼び、市場に出すときや餌魚と交換するときに限って個別の名前で呼ぶのだが。日差しが暑くなった。老人はまともにそれをうなじに感じていた。オールを漕ぐそばから背中に汗がしたたり落ちる。

ここらで舟を潮まかせにするか、と老人は思った。そしてひと眠りしよう。釣り綱のたるんだところを足の指に巻きつけておけば、掛かった魚が起こしてくれるだろう。いや、待てよ、きょうは八十五日目だ。きょうこそはいい釣果をあげんとな。

そのとき、綱を見ていた老人の目が異変をとらえた。船べりから突き出た枝がくいっとしなったのだ。

「おう」と、声に出た。「いいぞ」オールを舟板にぶつけないようにして中におさめる。右手を綱にのばし、親指と人差し指のあいだに軽くはさんだ。強い引きも、重みも感じられない。そのまま軽く綱をつかんでいると、またきた。くいっとこちらを試すような引き。重みをかけつづけるような引きではない。何が起きているのか、はっきり読めた。この百尋下の水中に垂らしてある仕掛け、小ぶりのマグロの頭から突き出た手製の鉤の先曲げにびっしり並んだイワシ。あれに、いま、一匹のカジキが食らいついたのだ。

老人は軽く綱を握っておいて、左手でそっと枝からはずした。これでもう魚が引っ張るままに、指の間からいくらでも綱をくり出すことができる。

この時季にこの沖合いだ、かなりの大物だぞ、と老人は思った。さあ、食えよ、食え、食ってくれ。生きのいい餌魚なんだから。六百フィートも下の、冷たい、暗い水中にいるおまえだ、さぞしゃぶりつきたかろうが。その暗い水中をまたひと回(まわ)りしてから、もういっぺん食いついてこい。

また、軽く探りを入れるような引き。と思うと強い引き。餌のイワシを鉤からすんなりと食いちぎれないのだ。それから、あたりがなくなった。

「どうしたんだ」と、声に出た。「よし、またぐるっと回ってこい。匂(にお)いをかいでみろ。いい匂いだろうが。しっかり食うんだ。マグロもついてるしな。冷たく、引き締まった、うまいマグロだぞ。な、遠慮はいらん。しっかり食え」

親指と人差し指のあいだに綱を挟んで、じっと待った。仕掛けてある別の綱にも目を配る。相手はそっちのほうに近づいたかもしれないからだ。と、またしても、そっと探るような引きがきた。

「きっと食いつくな」老人は言った。「頼む、食いついてくれ」

が、食いついてはこなかった。どこかにいってしまったのか、ぱたっとあたりが止まった。

「まさか、逃げたはずは」と、声に出た。「ああ、そんなはずはない。ぐるっと回ってるんだ。案外、前にも鉤にかかったことがあって、それが頭にあるのかもしれんて」

すると、また綱に軽いあたりがきた。安心した。

「やっぱり、回ってたか。こんどは食いつくぞ」

軽いあたりに喜んでいると、次の瞬間、がつんと、とてつもない引きがきた。魚の重さがもろにかかったのだ。綱がみるみるすべり出てゆく。予備の巻き綱のひとつが瞬(また)く間にほぐれていった。親指と人差し指のあいだをすべり抜ける綱に、ほとんど力は加えていない。それでも、まぎれもなく、凄(すさ)まじい重さが感じられた。

「なんてやつだ」思わず言った。「横ざまにくわえて逃げ出そうってのか」

ぐるっと回って鉤ごと呑(の)み込むだろうと思ったが、口には出さなかった。いい予感を口にすると裏切られる、とわかっていたからだ。こいつはどでかい大物だ。そいつはいま、マグロを横からくわえて暗い海中をとおざかろうとしている。と、動きが止まった。けれども、ずっしりとした重さはまだ掌中に伝わっている。重さがぐぐっと増した。さらに綱をくり出した。一瞬、親指と人差し指に力をこめた。重さがさらに増して、綱は真下に引き込まれてゆく。

「よし、食らいついたぞ。存分に食わせてやろう」

さらに綱をくり出す一方、左手を下に伸ばし、二巻きの綱の端をもう二巻きの綱の、輪にした先端に結びつける。そいつは隣りの仕掛け用の控えなのだが、これで用意はできた。いま使っている控え綱に加えて、四十尋の控え綱を三巻き確保したのだから。

「もうすこし食えや」老人は言った。「しっかり食らいつくんだ」

そうすれば鉤の先っぽがおまえの心臓に食い込んで、おまえの息の根を止める。すんなりと浮き上がってきたところへ、銛（もり）を打ち込んでやるさ。それでいっちょう上がりだ。さあ、もう十分だろう。心置きなく楽しんだな？

「そら！」と声に出し、両手で綱をつかんで、がつんとたぐり込む。一ヤードほど引っ張り込めた。さらに一度、もう一度。渾身（こんしん）の力をふり絞り、体重を右、左、と交互にかけながら、左右の腕で代わる代わるたぐり込んだ。が、結果は変わらず。魚はゆっくりと遠ざかってゆく。ただの一インチも引き上げられなかった。大物の魚用だから、もともと丈夫な綱だった。それを背中にまわして、ぐいっと引っ張る。綱はぴんと張って水滴を弾(はじ)きとばした。水中の綱は、ぎりぎりと歯ぎしりするような音をたてはじめる。なおも力をゆるめず、舟の渡し板に尻を押しつけて踏ん張り、身を反らしてさからった。舟はゆるやかに北西の方角に動きはじめている。

魚の動きに乱れはなく、舟は穏やかな海面をゆっくりと曳(ひ)かれてゆく。他の仕掛けはまだ海中に垂れていたが、それはもう放置するしかない。

「あの子がいてくれたら」と、つい言ってしまう。「いまのおれは魚に曳かれて、綱の繋(つな)ぎ止めになってるようなもんだ。綱を縛りつけるのも手だが、そうすると切られちまうかもしれん。とにかく、なんとかやつを放さずにおいて、やつが望むだけ綱をくり出してやろう。やつがもぐったりせず、まっすぐ進んでくれているのは、もっけの幸いだが」

といって、やつがもぐると決めたらどうするか。急にもぐって死んじまったらどうするか。しかし、まあ、慌てることたあない。打つ手に困るおれでもなし。

老人は背中にまわした綱をしっかり支えて、海中に没しているその角度と、相変わらず北西に曳かれてゆく舟の動きに注意を払っていた。

やつ、いずれくたばるぞ、と老人は思った。こんな動きをいつまでも続けられるわけがない。だが、四時間たっても魚は悠然と小舟を曳いて大海を進みつづけ、老人も依然、綱を背中にまわしてしっかと支えつづけていた。

「やつを引っかけたのは正午だったな」老人は言った。「なのに、まだ姿を拝んでいない」

魚を引っかける前に、麦藁帽をぐっと目深にかぶり直していたのだが、おかげでいま、額がこすられている。喉も渇いた。その場にひざまずいて、綱に余計な力を加えないよう気をつけながら、可能な限り舳先ににじり寄る。片手で水がめをつかみ、栓をあけてすこし水を飲んだ。そのまま舳先にもたれて体を休めた。帆を巻いたまま寝かせてあるマストに尻をのせて、一息入れる。あとはひたすら辛抱だ、頭に浮かぶのはそれだけだった。

背後を振り返ると、陸地の影はもうどこにもない。だからって、どうってこたない、と思う。いつだって、ハバナの町の明かりが目印になってくれるんだから。日が暮れるまで、あと二時間。それまでにはやつも上がってくるだろう。そうでなくとも、月が出る頃には上がるはず。でなければ、明日の日の出には上がってこよう。幸い、いまは体のどこも引き攣っちゃいないし、おれはまったくへこたれていない。だいたい、鉤を口に引っかけてるのは、やつのほうなんだから。それにしても、なんて馬鹿力で引っ張りやがるんだ。ワイヤーの鉤素までがっちりとくわえこんでるんだろう、きっと。この相手、どんな偉物なのか、一度でいい、姿を見てみたいもんだ。

その夜、魚は進路も方角も変えなかった。星座から読む限り、間違いない。日が落ちると、やはり冷え込んできた。背中から腕、老いた脚にかけて、汗がひんやりと乾いている。日中、老人は餌箱にかぶせてあった袋をとり外し、舟板に広げて干しておいた。日が落ちると、それを首に結わえて背中に垂らし、肩にまわした綱の下に慎重にさし入れた。これが綱の圧力をやわらげてくれるため、舳先のほうに前傾する姿勢もとれる。こうすると、いくぶん楽に感じられた。実はつらさがすこし薄らいだにすぎないのだが、楽だと思うことにした。

これといっていい手はなし、やつのほうにも妙案はなかろう。向こうがああして逃げつづける限り、見通しは立たない。

一度、老人は立ち上がって、船べりから放尿した。ついでに星を見上げて進路をたしかめた。肩から真っすぐ海中にのびている綱が一条(ひとすじ)の燐光のように見える。舟の速度がすこし落ちていて、ハバナの明かりが薄らいでいた。つまり、舟はいま潮流に押されて東に向かっているのだ。このままハバナの明かりが見えなくなれば、さらに東に流されていることになる。もし魚が潮流に逆らって北西に進みつづけるなら、まだあと数時間はハバナの明かりが見えつづけるはずなのだから。きょうの大リーグの結果はどうだっただろう。つくづくラジオがあれば、と思う。が、すぐに、いかん、と自分を戒めた。余計なことは考えるな。目下のことに集中するんだ。いま気を許したら命とりだぞ。

思わず言った。「あの子がいりゃいいんだが。手伝ってもらえるし、この一部始終を見せてもやれよう」

年をとったら一人でいるのはよくない。が、それも人の運命(さだめ)だ。それより、あのマグロ、悪くならないうちに食っておこう。でないと、おれの力も弱る。そうだ、たとえ腹がすかなくとも、朝のうちに食っておこう。いいな、と老人は自分に言い聞かせた。

夜中に二匹のイルカが近くにやってきた。身をひるがえしては息をしているのが、聞いていてわかった。雄は勢いよく息を吐き、メスは溜息(ためいき)をつくように吐くので、区別がつく。

「憎めんやつらだ。楽しげにじゃれて、惚(ほ)れ合ってるんだからな。おれたちの兄弟だ、トビウオと変わらん」

思うそばから、こうして引っかけた大物の魚に哀れを催してきた。たいした変わり者だが、どれくらいの歳なのか。とにかく、これほど風変わりな振る舞いをする猛者(もさ)には、お目にかかったことがない。跳ねたら不利だと心得ているのだろう。跳ねたり暴れまわったりされたら、こっちが一巻の終わりなんだが。もしかすると、過去に何度も引っかけられた体験から、これぞ最高の駆け引きと心得ているのかもしれん。こっちが一人きりだとか、老いぼれだとか、見抜いているはずはない。それにしても、何たる大物だ。肉も上物だとして、市場ではどんなにべらぼうな値がつくことか。餌の食らいつき方も男らしかったし、引っ張り方も男らしい。いささかも、うろたえてはいない。なんらかの目論見があるのか、それとも、おれ同様、ただ捨て鉢になっているだけなのか。

そういえば、あるとき、つがいのカジキの片割れを掛けたことがあったのを老人は思いだした。餌を見つけると、雄のカジキはたいてい雌に最初に食らいつかせる。そのとき引っ掛かったのも雌だったのだが、慌てふためいて大暴れを演じ、死に物狂いでさからったあげく、あっさり力尽きてしまった。その間終始、雄は雌に付き添って、綱の上を横切ったり、一緒に海面をぐるぐるまわったりしていた。あまり間近に付き添っているので、あの尾びれで綱を切られはしまいかと不安になったりした。なにしろカジキの尾びれは大きさも形も大鎌そっくりで、鋭さも似たようなものなのだから。あのとき老人は手鉤でその雌を引き寄せ、先端がざらついた長剣のような嘴を片手でつかむと、棍棒でぶっ叩いた。がむしゃらに脳天をぶっ叩いて、表面が鏡の裏のような色に変わったところを少年に手伝わせ、舟の中に引き揚げた。その間もずっと雄は舟のそばを離れなかったのである。そして老人が綱を片づけ、こんどは銛を使おうとしていると、雄は舟のそばで空中高く跳び上がり、雌の居場所をたしかめてから、水中深くもぐっていった。藤色の胸びれを翼のように広げ、胴体に走る太い藤色の縞をひらめかせた。見事なやつだったな、と老人は思いだした。あいつ、最後までそばを離れなかったのだから。

　カジキと付き合ってきて、あんなに悲しい光景はなかった。あの子も悲しがっていたっけ。だから二人で雌に謝って、すぐに捌いてしまったのだ。

「あの子がいてくれりゃ」老人は声に出して、丸みのついた舳先の舟板にもたれかかった。どこへいくのか、決めた方角にひたすら進んでいく大魚の力が、肩にまわした綱を通して伝わってくる。

　あやつ、おれの策に引っ掛かったとき、どう逃げるか決めんといかんかったわけだ、と老人は思った。

　結果、暗い深海にもぐったまま、どんな罠も仕掛けも策も及ばぬ遠くを目指すことにしたのだろう。それでこっちも、どんな人間も追いつけないところまで追いかけることにした。世界中のだれの手も届かないところまで追うことにした。そのあげく、いまこうして、正午からずっと、あいつとつながっている。おれもあいつも、孤立無援だ。

　漁師になったのは間違いだったか、と一瞬弱気になって、いやなに、漁師に生まれついたればこそのおれだろうがと、思い直す。明るくなったらマグロを食うのを忘れんようにしよう。

夜明け前、背後の船べりから垂らした仕掛けの一つに何かが食らいついた。枝がぴしっと折れたと思うと、綱が船べりをこすってするすると走りだした。暗闇（くらやみ）の中、とっさにナイフを鞘（さや）から抜いた。大魚の重みを左肩で受け止めつつ背後に身をよじり、走る綱を船べりに押しつけて断ち切った。すぐ近くの、もう一本の仕掛けの綱もついでに断ち切り、暗いなかで、その綱の先っぽを控えの綱の先っぽにつないだ。万事片手で器用にこなし、控えの綱を片足で押さえて結び目をきつく引き締めた。これで控えの巻き綱が六つできたことになる。切断した二つの仕掛けの綱の分が二巻きずつ、それといま追っている大魚の綱の控えが二巻き。いまは全部がつながれている。

明るくなったら、なんとか後ろのほうに移って、四十尋の深さに垂らしてある綱も切断してしまおう。そして、切った端を控えの綱につなぐのだ。結局、丈夫なカタルーニア産の綱（コルデル）を全部で二百尋分、鉤や鉤素ごと失（な）くしてしまうことになるが、それは取り替えがきく。だが、あのまま仕掛けを垂らしておいて何かの魚がかかってしまい、それにとりまぎれているうちに肝心の大魚を取り逃がすことでもあったら、目もあてられない。さっき、あの枝をへし折ったのは、どんな魚だったのか。マカジキか、メカジキか、サメか。あたりで読みとる間もなかった。すぐにも切り捨てる必要があったから。

また声に出た。「あの子がいてくれりゃ」

でも、あの子はいないんだ、と老人は思った。ここにはおまえしかいない。たいした暗さだが、最後に残った仕掛けのところにさっさといって、綱を切ってしまおう。残りの二巻きの綱とつないでしまうのだ。

で、そうしたのだが、暗がりでけっこう苦労した。その最中、魚が急に身をくねらせたらしく、ぐいっと引かれたはずみで老人は前のめりに倒れた。顔をもろに打って目の下を切り、血がたらっと頬を伝った。が、すぐに固まって、顎（あご）まで届かぬうちに乾いてしまった。それからなんとか舳先にもどると、舟板にもたれかかって一息入れ、綱と肩のあいだに差し入れておいた袋の位置を直した。と同時に、肩の別の位置に綱がかかるようにする。しっかりと肩で支えながら、魚の引く力を探り、片手を水に突っ込んで舟の進み具合を読んだ。

いまの唐突な動きは何だったのか。きっと綱がすべって、やつの大きく盛り上がった背中をこすったんだな。やつの背中はおれの背中くらい痛むことはなかろうが、といって、やつがどんな大物でも、この舟を永遠に引っ張りつづけることはできまい。こちらは厄介の種になりそうなものは残らず片づけたし、控えの綱もたっぷりある。言うことはない。

「魚よ」老人は静かに言った。「こうなったら、おれはくたばるまで付き合うぞ」

やつのほうでもそのつもりだろうさ。老人は胸に呟いて、明るくなるのを待った。夜明け前のこのひとときは、特に冷える。舟板に身を押しつけてあたたまった。我慢比べならやつには負けない。ほんのり明るくなってきて、綱が見えた。真っすぐ伸びて、海中に沈んでいる。舟はずっと同じペースで進んでゆく。太陽がちらっと顔をのぞかせたとき、最初に闇に浮かんだのは老人の右肩だった。

「やつは北に向かってるんだ」老人は言った。もし潮流に押されていれば、もっと東に向かっているはず。今後は東寄りに向きを変えてくれないものか。それはやつが疲れてきた証拠なのだから。

日がさらに高く昇ったとき、魚がいっこうにへばっていないことがわかった。一つ好都合なのは、綱の傾き具合で、魚の進む深さがやや浅めになったのがわかったことだ。だからといって海上に跳ね上がるとは限らないが、その可能性はある。「跳ねてくれりゃいいんだが」老人は言った。「綱はたっぷりある。いくらでも駆け引きできる」

ここでちょっと綱を引いてやれば、やつは痛がって跳ね上がるかもしれん、と老人は思った。これだけ明るくなったんだ、やつを跳ね上がらせてみようか。そうすりゃ背骨沿いの浮袋に空気がいっぱい入る。深くもぐってくたばるなんてことは、できなくなろう。

軽く引っ張ってみた。が、魚が掛かってから綱はずっと張りつめていて、いまにも断裂しそうだった。のけぞって引こうとすると、反力が半端(はんぱ)ではない。これ以上は無理だと覚(さと)った。引くのはご法度(はっと)だ。引けば引くだけ鉤の掛かっている魚の傷口が広がって、いざ魚が跳ね上がったとき鉤がはずれてしまいかねない。ともかく、日が昇ってからおれも気分がよくなってきた。この方角なら陽光に目をやられずにすむ。

綱には黄色い海藻がからんでいた。それは魚にかかる重さを増すだけだから、かえってありがたい。夜のあいだ燐光を放っているように見えたのは、このメキシコ湾流ならではのホンダワラだったのだ。

「魚よ」老人は言った。「おまえ、気に入ったぞ。どうしてどうして、たいしたもんだ。しかしな、きょうという日が暮れるまでには、始末をつけてやるから」

そうなればいいんだが、とあらためて思った。

そのとき、北のほうから小さな鳥が飛んできた。ムシクイの一種で、海面すれすれに飛んでくる。かなり疲れているようだ。

船尾に降りてからまた飛び上がり、老人の頭のわきをまわって釣り綱にとまった。そっちのほうが足場がいいと見える。

「おまえ、いくつだ？」老人は小鳥に訊いた。「初めての長旅かい？」

鳥はこっちを見た。すっかりバテていて、綱をよく見る気力もないらしい。細い足で綱にしがみついて揺れている。

「その綱なら心配いらん」老人は言った。「ピンと張りすぎてるくらいだ。ゆうべは風もなかったのに、おまえ、そんなにへばってしまうんじゃ、困りもんだな。そんなこっちゃ、この先どうなる？」

鷹（たか）ってやつがいるな、と老人は思った。こういう鳥を餌食にしようと海まで飛んでくることもある。だが、それは鳥には言わずにおいた。言っても言葉が通じなかろうし、こいつ自身、それはすぐに思い知らされるだろう。

「なあ、チビ、たっぷり休んでいけ。それから陸（おか）のほうに飛んでいって、運試しをしてみろ。人間もそうするんだ。鳥や魚も同じこったろうが」

しゃべっていると元気が出た。夜のあいだに背中が張って、かなり痛みだしていたのだ。

「よけりゃおれんとこに泊まらせてもいい。できりゃ帆をあげて、おまえをつれてってやりたいんだが、そうもいかんのだ、せっかく風も出てきたところだが。おれにもつれがいるもんでな」

と、そのとき、魚が不意に身を躍らせたので、老人は綱に引かれて舳先につんのめった。とっさに足を踏ん張って綱をくりだしていなかったら、海に転げ落ちていただろう。

鳥は綱が引かれたとき飛び立ってしまい、老人はそれに気づく暇もなかった。右手で慎重に綱を持ち直そうとして、手のひらの出血に気づいた。

「やつも何かで痛かったんだな」声に出して言い、魚の向きを変えられるかどうか、綱を引いてみた。が、綱が切れる寸前で引くのを止め、背中を反らせて綱の重みに耐えた。

「おまえもこたえてきたか」老人は言った。「おれもな、同じようなもんだ」

あたりを見まわして、さっきの鳥を探した。話し相手がほしかったからだ。が、もうどこにも見当たらなかった。

長居は無用と決めこんだか。しかし、陸にたどり着くまでは苦労の連続だぞ、きっと。それにしても、あの魚のひと引きで手を切っちまうとは。おれも耄碌したか。あの小鳥に気をとられて、隙ができていたのかもしれん。ここはしっかりと、魚に集中しなければ。最後まで持ちこたえられるように、あのマグロも食っておかねば。

「あの子がいりゃいいんだが。それと、塩もほしいところだ」声に出して言った。

綱の重みを左肩に移し、そうっとひざまずいてから手を海水ですすいで、そのまま一分以上ひたしておいた。血が糸を引いて流れる。舟が進むにつれ手が水を切るさまにじっと見入る。

「やつ、だいぶ遅くなったな」

もっと海水に手をひたしておきたかったが、また突然綱を引っ張られても困る。ゆっくり立ち上がって足を踏ん張り、陽光を避けるように手を額にかざした。手のひらが擦り切れたのは、綱にこすられたせいにすぎない。だが、そこはいちばん使うところなのだ。やつに引導を渡すまでは、両手を最大限使うことになる。いまからこれでは、この先どうなることか。

「さてと」手が乾いたところで声に出た。「あの小さなマグロを食っておこうか。手鉤で引き寄せれば、このままで楽に食える」

その場にひざまずくと、船尾の舟板の下のマグロを手鉤で掛け、巻き綱をよけて引き寄せた。左肩にかけ直した綱を左腕と手で持ち支えながら、マグロを手鉤からはずす。手鉤は元の場所に置いた。片膝でマグロを押さえつけ、頭の先から尻尾まで赤黒い肉をナイフで縦に切り裂いて、長い楔形の切り身をこしらえる。それをこんどは背から腹にかけて何度か切り下ろし、六つの切り身にする。終わると船首の舟板にずらっと並べた。ナイフをズボンでこすって汚れを落とし、マグロの残骸は尻尾をつかんで海に捨てた。

「全部は食えそうにないな」老人は言って、切り身の一つを二つに切った。綱を引くしたたかな力は瞬時も途切れない。とうとう左手が引き攣(つ)った。重い綱をつかんだまま硬直している。うんざりしたように、老人はその手を睨(にら)んだ。

「それが人間の手か。攣りたいなら勝手にしろ。鷲(わし)づかみのまま固まっちまえ。恥さらしめが」

やれやれ、と思いながら、綱が斜めにのびている暗い海面を見下ろした。やっぱり食うことだな。そうすりゃ手にも力がつく。悪いのはこの手じゃない。もう何時間も魚と闘ってきたんだから。とはいえ、駆け引きはまだまだつづきそうだ。いまのうちに食っておこう。

また一切れつまんで口に放り込み、ゆっくりと嚙(か)んだ。まずくはない。

よく嚙むんだぞ。汁気を余さず吸いとるんだ。ライムがすこし、でなきゃレモンか塩でもあれば御(おん)の字なんだが。

「どんな具合だ、手よ?」攣った手に問いかけた。それはいま、死後硬直を起こしたように固まっている。「もうすこしマグロを食ってみるか」

二つにした切り身の残りを食べた。よく嚙んで、皮は吐き捨てた。

「すこしはよくなったか、手よ? いや、そんなに早く効き目は現れんか?」

こんどは切り身を一枚まるごと口に入れて、よく嚙んだ。

血の気の多い逞しい魚だ、と思う。シイラでなくてよかった。シイラは甘ったるくてかなわん。こいつは甘くなんかまったくないが、栄養がたっぷりつまっている。

とはいえ、ただ食えればいいってもんじゃない、と老人は思った。すこしでもいい、塩がありゃ助かるんだが。このまま日にさらしておくと、腐っちまうか、干上がっちまうか。やっぱり腹が減ってなくとも全部食っておいたほうがよさそうだ。幸い、やつはいまのところ落ち着いている。マグロは残らず食っちまって、勝負のときに備えよう。

「手よ、もうすこしの辛抱だ。おまえのために食ってやるぞ」

できればあの魚にも食わせてやりたいが、と老人は思った。あやつはもう兄弟も同然だが、最後には殺さにゃならん。そのためにも、ここでへたばるわけにはいかない。ゆっくりと、思いをこめて、楔形の切り身を残らず胃におさめた。

ぐっと身を起こして、手をズボンにこすりつける。

「さてと」老人は言った。「綱を放してもいいぞ、手よ。おまえがまともな状態にもどるまで、右腕だけでやつをあしらってみせるから」それまで左手がつかんでいた重い釣り綱に左足をかけると、背中にかかる力にさからうようにぐっと踏ん張った。

「どうか攣った手が治りますように」老人は言った。「あの魚、どういう魂胆か見当もつかんので」

けれども、やつめ、いまのところは落ち着き払っているようだ。あいつなりの算段があるんだろう。いったいどんな算段なのか。おれのほうはどうしよう。さだめし、どでかいやつだろうから、その出方に応じてこっちも相応の手を打たんと。もし飛び跳ねたら、一気にケリをつけられる。だが、あやつ、ずっともぐっている気だとしたら。こっちもずっと尻を落ち着けているしかない。

老人は攣った手をズボンにこすりつけた。なんとか指をほぐしにかかる。だが、指はひらかない。なに、もっと日が昇ればほぐれるかもしれんさ、と思う。いま食った滋養たっぷりのマグロが胃の中でこなれる頃には、指もひらくだろう。他に方法がないとなりゃ、何が何でもひらいてみせる。だが、いまは無茶をしたくない。自然と元にもどるのを待とう。夜中に何本もの綱をほどいたり、つないだり、さんざんこき使った手だ、いまは大目に見よう。

遠くを見渡して、この海におれ一人だとつくづく覚(さと)らされた。が、暗い水の深みにはプリズムのような光が見えたし、前方には綱がのびている。穏やかな海は微妙にうねっていた。貿易風と共に雲も湧き上がっていて、前方の空を見ると、カモの一群がくっきりと影を刻んでいた。羽ばたく姿が薄れてはまた濃く刻まれる。やっぱり、海で独りぼっちなどあり得ないのだと、思い直す。

小舟で沖合に出て陸地が見えなくなると、恐がる漁師たちもいる。天気がいきなり急変する時季なら、無理もない。だが、いまはハリケーンの季節なのだ。ハリケーンの季節にハリケーンがきていない。となれば、一年で最良の漁期だろう。

ハリケーンがくるとき海に出ていれば、数日前から予兆に気づく。陸(おか)では知る手立てがないから、予兆もわからない。変化はあるはずなのだ、雲の形や何かで。いずれにしろ、いまハリケーンがくる気配はない。

空を見ると、アイスクリームを盛り上げたような白い積雲が浮かんでいた。その上では、細い羽毛にも似た巻雲が九月の高い空をよぎっている。

「微風(ブリサ)だな」老人は言った。「この天気だ、おれに勝ち目が出てきたぞ、魚よ」

まだ左手は攣っていたが、それをゆっくりとほぐしにかかった。

引き攣りってやつは許せん、と思う。自分で自分の体に裏切られるようなもんだ。食中毒にかかって人前で腹を下したり吐いたりするのもぶざまだが、独りでいるとき引き攣り――老人の頭の中ではカランブレ――にあうと、自尊心ってやつを傷つけられる。

あの子がいればこの手を揉んで、前腕から先のほうまでほぐしてくれるだろうに。しかし、まあ、いずれ自然にほぐれるだろう。

と、そのとき、右手にかかる力がわずかに変わり、海中にのびる綱がもちあがるのが見えた。前に倒れ込んで綱を引き、左手を何度も太ももに叩きつける。綱はさらに高くもちあがってきた。

「やつ、上がる気だ」老人は言った。「いまだ、手よ。頑張ってくれ」

綱はなおもゆっくりと着実にもちあがり、前方の海面が盛り上がったと思うと、魚が浮き上がった。すぐには全貌を現わさず、背の両側からざばーっと海水が流れ落ちる。日を浴びて魚体が耀いた。頭から背にかけては濃い紫色、側面には薄い紫色の縞が陽光に鮮やかだ。嘴は野球のバットほどに長く、剣のように細くとがっている。全身を洋上に躍らせたのもつかのま、ダイヴィングの選手のように、すんなりと水中に没した。老人の眼前で、大鎌のような尻尾が水中にもぐり、綱がするするると走りだした。

「二フィートはこの舟より長いな」老人は言った。綱はするすると走っていく。その動きに乱れはない。魚も特に慌ててはいないのだろう。老人は両手で綱を持ち支えていたが、切れそうになる寸前でゆるめていた。とにかく、絶え間なく引きつけて魚の速度を抑えておかないと、綱を全部もっていかれたあげくに切られてしまう。そのことは老人も心得ていたのだ。

とんでもなくでかいやつだ。が、やつには身の程をわきまえさせてやらんと。力勝負ではやつに歯が立たんし、やつが肚(はら)をくって逃げにかかったら、こっちに打つ手はない。だが、そのことを、絶対やつに覚らせてはならんのだ。おれがやつだったら、いまこそ全力をふり絞り、死に物狂いで逃げにかかるだろう。しかし、幸い、やつらにはやつらを殺しにかかるおれたちほどの頭はない。おれたちよりずっと高貴で、いろんな能力に長(た)けてはいても。

大物ならいくらでも老人は見てきた。重さ千ポンドを超えるやつもずいぶん見てきたし、実際、それくらいのサイズのやつを二匹釣り上げたこともある。が、そのときは加勢してくれる仲間がいた。いまはたった一人、陸地の影も見えぬ洋上で、聞いたこともない、見るのも初めての大魚としっかりつながっている。しかも、左手は依然、獲物をつかむ鷹の爪(つめ)もどきに固まっている。

だが、こいつもいずれ治ってくれよう、と思う。必ずや治って、右手を助けてくれるはずだ。おれの両手と魚は、いまや三兄弟だからな。必ずや治ってくれるはず。だいたい、引き攣るなんぞ、この手らしくもない。魚がまた速度を落としたな。さっきまでの速度にもどっている。

さっきはなんで飛び跳ねたのか。自分のでかさを見せつけるような跳ね方だった。まあ、それでこっちもよくわかった。となれば、おれがどんな男かも見せてやりたいが、するとこの引き攣った手もやつに見られてしまう。実物のおれよりもっと大きな人間に思わせたいし、事実、そうでありたい。いっそ、あの魚になって、意志と知恵しかないおれに全力で立ち向かってみたいものだ。

体を楽にして舟板にもたれ、苦痛をあるがままに受け止める。魚の動きは相変わらずで、舟はゆっくりと濃紺の海面を進んだ。東から吹く風で、海がすこしうねった。正午頃になって左手が治った。

「おまえには悪いがな、魚よ」老人は言って、肩にかけた袋の上で綱をずらした。楽にはなったが、つらいことはつらい。ただ、つらいとはっきり意識するのは拒んだ。

「おれは信心深い男じゃない」老人は言った。「だが、この魚を捕まえるためなら、主の祈りを十回に、アベ・マリアを十回唱えたっていい。コブレの聖母マリア様にもお参りにいくさ、やつを首尾よくつかまえたらな。ああ、はっきり誓うぞ」

老人は型通りに祈りを唱えはじめた。ひどく疲れているせいか、ときどき文句が思いだせず、勢いをつければ出てくるだろうと早口で言ってみる。主の祈りよりもアベ・マリアのほうが唱えやすいな、と思った。

「めでたし、聖寵（せいちょうみ）充ち満てるマリア、主、御身と共にまします。御身は女のうちにて祝せられ、御胎内の御子イエズスも祝せられ給う。天主の御母聖マリア、罪人なるわれらのために、いまも臨終の時も祈り給え。アーメン」そして、つけ加えた。「この魚が死ぬときも祈ってやってください、マリアさま。あっぱれなやつでございますから」

祈りをすませると、だいぶ気分がよくなったが、つらさは相変わらず、いや、すこし増したかもしれない。老人は舳先の舟板にもたれて、左手の指を機械的に動かしはじめた。

穏やかな風が吹いていたが、日差しはもう強くなっている。

「また細い綱に餌をつけて、艫（とも）から垂らしておこう」老人は言った。「やつがもう一晩粘るつもりなら、こっちももう一度食べておかんと。水がめの水も減ってるしな。どうせとれるのはシイラくらいだろうが、生きのいいうちに食えばシイラも悪くない。今夜あたりトビウオが飛び込んできてくれるといいが、あいにくとおびき寄せる燈火（あかり）がない。トビウオは生で食ってもうまいし、切り身にする手間も省けるんだが。いまはできるだけ力をたくわえておかんと。それにしても、やつがあれほどの大物だったとは。

それでも、最後には殺してやる。あれだけ貫禄（かんろく）があり、あれだけ立派な魚だが」

威張れる仕打ちとは言えなかろうが、人間の力と忍耐のぎりぎりの限度をやつに知らしめてやらんと。

「おれは変わり者のじじいなんだと、あの子にも言ったことがある」老人は言った。

「それを証明するときがきたってことだ」

それは、いままでにも何回証(あか)してきたかしれない。が、そんなことはどうでもよかった。いま、老人は再度それを証明しようとしていた。一回一回が新たな挑戦だった。過去のことなど頭の片隅にものぼらない。

やつが眠ってくれればこっちも一眠りして、ライオンの夢など見られるんだが。

それにしても、なぜライオンばかり夢に出るようになったのか。いや、いまは何も考えるな、じいさん、と老人は自分をたしなめた。舟板にゆったりともたれて、頭を空っぽにしろ。やつは休まずに働いている。こっちはできるだけ休んでいよう。

午後にさしかかっていたが、舟は依然同じペースでゆっくりと進んでゆく。魚の引きにあらがう老人に、いまは東風が味方して、舟は小さなうねりを穏やかに乗り切ってゆく。綱にこすられる背中の痛みにもだいぶ慣れてきた。

午後に一度、綱がまた持ちあがりかけた。が、魚はやや浅めに位置を変えただけで、それ以上あがってはこなかった。陽光は老人の左腕から肩と背中にあたっている。魚が北から東に向きを転じたのだと察しがついた。

すでに魚の全容を目にしていたから、紫色の胸びれを翼のように広げて水中を進む姿がありありと頭に浮かんだ。垂直に立った大きな尾びれはさぞ悠々と暗い海水を切り裂いていることだろう。その深さだとどのくらい目が利(き)くのか、と老人は考えた。やつの目玉はでかい。あれよりもっと目がちっこい馬でも、夜目が利くからな。おれだって、昔は暗いところでもよく目が見えたもんだ。真っ暗闇では無理だったが、猫と同じ程度には見えていた。

陽光に温められ、絶えず指を動かしていたせいか、左手の引き攣りは完全に治った。綱をなるべくそっちの手で握るようにし、肩の筋肉をすくめて、綱にこすられる位置をすこし変えた。

「これでも疲れてないならばな、魚よ」と、声に出した。「おまえ、よっぽどの変わり者だぞ」

老人はかなり疲れがたまっていて、日暮れが近いこともわかっていた。そうだ、何か別のことを考えよう。老人は大リーグ、老人の頭の中では〝グラン・リガス〟のことを思い浮かべた。きょうはヤンキースとデトロイト・ティグレス(タイガース)の試合があるはずだ。

もう二日間も試合(フエゴス)の結果を知らずにいるんだな、と老人は思った。が、なに、心配は要らんさ。おれだってディマジオに笑われんようにしなきゃ。なにしろあの男は、踵の骨棘の痛みにもめげずに、打っても守っても完璧にやってのけるんだから。そういや、骨棘ってのは何だ？　ウン・エスプエラ・デ・ウエソってやつ。足の踵の骨の一部が蹴爪のように突起してしまうらしい。おれたちには縁がないが、踵の中に軍鶏の蹴爪ができたみたいに痛むんだろうか？　おれには到底耐えられそうにない。軍鶏なんぞは片目を失っても、両目を失っても、闘いつづけるが、ああいう真似もおれにはできん。人間ってやつは、所詮、したたかな鳥や獣の敵ではない。それでもおれはせめて、いまあの暗い海中にいるやつのようでありたいが。

「これで、サメさえ襲ってこなけりゃ」と、思わず声に出る。「サメに襲われちまったら、やつもおれもどうなることやら」

あの名手ディマジオは、いまのおれみたいに長時間、ああいう魚と渡り合えるかな？　そりゃ若くて頑丈なんだから、おれ並みに、いやそれ以上にやりおおせるだろうさ。親父さんも漁師だったというし。だが、踵の骨棘とやらの痛みは、並大抵じゃなかろう？

「わからん」と、声に出た。「おれはそんなものにかかったことがないし」

日が暮れる頃、すこしでも自信をつけようと、老人はハバナのカサブランカの酒場で黒人の巨漢と腕相撲の大勝負をしたときの記憶をたぐり寄せた。シエンフエゴス生まれのその黒人は、波止場でも名うての力持ちだった。テーブルにチョークで引いた線に肘(ひじ)をのせ、前腕を立て、手をしっかと握り合って、闘いは一昼夜にわたったのだった。相手の手をねじ伏せようと、互いに力をふり絞った。賭(か)けがさかんに行われ、ケロシン・ランプに照らされた部屋を男たちが頻繁に出入りした。黒人の手と腕、そして顔から、老人は目を離さなかった。最初の八時間がすぎると、審判たちは四時間ごとに交代して睡眠をとった。老人と黒人、どちらの指の爪の下にも、血がにじみ出た。二人は互いの目の色をうかがっては前腕と手に目を凝らした。賭けている連中は部屋に入れ替わり立ち替わりして、壁際(かべぎわ)の高い椅子(いす)にすわって勝負を見守った。周囲の壁は青く塗られた板張りで、そこにランプが人の影を投じていた。ランプの火が微風に揺らめくにつれ、黒人の巨(おお)きな影も揺らいだ。

一進一退の闘いが一晩中つづいた。黒人のほうは贔屓(ひいき)する連中からラム酒を飲ませてもらったり、タバコを吸わせてもらったりした。ラム酒を飲んだ黒人はとてつもない馬鹿力を発揮して老人の、といっても当時は老人ではなく〝エル・カンペオン(ザ・チャンピオン)のサンチアゴ〟だった老人の腕を、一時は三インチほど傾けた。が、老人はすぐに反撃して、腕を五分の位置にもどした。そのとき老人は、この豪腕の好敵手におれは勝ったな、と確信した。夜明け近く、賭けていた連中が引き分けを主張しはじめ、審判が、いやまだだ、と首を振っていたとき、老人は渾身の力を振り絞って黒人の腕を傾け、そのまま一気にのしかかってテーブルにぺったりと押しつけてしまった。勝負は日曜の朝にはじまり、月曜の朝に終わった。賭けた連中が引き分けを主張しはじめたのは、朝になれば波止場で砂糖の積み出し作業をしたり、ハバナ石炭会社で働かなければならないせいだった。それがなければ、だれしも最後の決着がつくまで勝負がつづくことを望んだだろう。結局、老人が見事ケリをつけたおかげで、だれもが仕事に間に合ったのだった。

その後しばらく、老人はチャンピオンの名をほしいままにした。春にはリターン・マッチが行われたが、たいした金は賭けられず、老人は難なく勝利をおさめた。シエンフエゴス生まれの黒人は、最初のゲームで自信を打ち砕かれていたのである。その後老人は、何度か試合をしてからふっつり止めてしまった。その気になれば敵なしとわかったし、漁の主役である右手にもよくないと思ったからだ。左手でも何度か練習試合を試みたが、そのつど裏切られた。煮え湯を飲まされるばかりなので、左手に対する信頼を失ってしまった。

しかし、いまは太陽の熱が十分にこいつを温めてくれるだろう、と老人は思った。夜の冷え込みさえきつくなければ、二度と攣ったりしないはずだ。はてさて、夜が明けたらどうなっていることか。

マイアミ行きの飛行機が頭上を飛んでいった。見ると、機影に驚いたのかトビウオの群れが飛び跳ねている。

「あれだけトビウオがいるなら、シイラだっているはずだ」老人は背中の綱にもたれるように踏ん張って、魚を引けるかどうか試してみた。だめだった。綱は張りつめたまま動かず、表面の水滴がはじけて危うく切れそうになる。舟はゆっくりと進んでゆく。老人は飛行機を見上げた。そのまま姿が見えなくなるまで目で追っていた。

飛行機に乗るってのは、さぞけったいな気分だろうな、と思う。あの高さからだと、海はどんなふうに見えるのか。そう高く飛ばなきゃ魚も見えるはずだ。二百尋（ひろ）くらいの高さでゆっくり飛んで、魚を見下ろしてみたいもんだ。海亀（うみがめ）獲りの舟に乗っていた頃、マストのてっぺんの横桁（よこげた）に立つと、その高さからでも見晴らしがよかった。シイラはいっそう濃い緑色に見えるし、縞模様も紫色の斑点（はんてん）も見える。泳いでいく一隊の全部が見える。暗い海流をすごい速さで移動する魚ってやつは、どうしてみんな背中が紫色で、たいてい紫色の縞や斑点があるのか？　シイラが緑に見えるのは、元来が金色なので当然だ。しかし、連中、本当に腹をすかして捕食するときは、横腹にカジキのような紫色の縞が浮かびあがる。あれはカッカしているせいなのか、それとも、夢中で速力を上げているせいなのか。

　日が暮れる直前、舟は浮き島のように集まった流れ藻のホンダワラのわきを通りすぎた。波穏やかな海面でのったりと海藻が揺れているさまは、まるで黄色い毛布の下で海が何ものかと情交しているかのようだ。と、船尾に垂らしていた細い綱にシイラが掛かった。最初に大きく宙に跳び、最後の夕映えで金色に輝く体を激しくくねらせた。恐怖に駆られてだろう、アクロバットのように二度、三度と跳ね上がる。老人は船尾のほうににじり寄って腰を落とした。太い綱のほうは右の腕と手で支え、シイラは左手で引き寄せる。綱をたぐるたびに、たぐった分を左足で押さえつけた。寄ってきたシイラは、死に物狂いで右に左にあばれまわる。老人は身を乗りだして、艶（つや）めく金色の体に紫の斑点を散らした魚を舟の中に引っ張り込んだ。そいつは痙攣したように顎をガチガチさせて、何度も鉤に嚙みついている。長く平たい体をくねらせて、頭を、尻尾を、船底に叩きつけるのを、老人は始末しにかかった。金色に輝く頭を棍棒で殴りつけると、シイラはぶるっと震えて動かなくなった。

そいつを鉤からはずし、餌のイワシをまたとりつけて海に投じた。それから、ゆっくりと慎重に舳先にもどった。左手を海水で洗って、ズボンにこすりつける。太い綱を左手に持ち替え、右手を海水にひたして洗いながら、沈む夕日を眺めた。海中にのびる太い綱の傾斜の度合にも目がゆく。

「やつめ、まったく弱ってないな」だが、右手が切っている水の動きを見て、魚の速度がわずかに落ちているのがわかった。

「二本のオールを一つに束ねて、艫の外側にくくりつけておくか。そうすりゃ、やつの速度も夜中にすこし鈍るだろう。なにせ夜にも元気の衰えんやつだからな。おれもそうだが」

シイラを捌くのはすこし先に延ばそう、と老人は思った。いま切ると、肉の中の血が無用に流れてしまう。それは後まわしにしたほうがいい。オールをくくりつけて舟の抵抗を増やすのも、そのときでいい。いまは何も魚に気どらせないことだ。

日暮れどきはそっとしておくに限る。日暮れどきの魚は、とかく神経質なのだから。

手を空気にあてて乾かし、その手で綱をつかむ。なるべく体を楽にして、ゆったりと舳先にもたれかかった。そうすることで、魚の引く力をそのまま、いや、それ以上、舟に任せたのだ。

だいぶコツが呑(の)み込めてきたぞ、と老人は思った。ともかくも、ここまでのところは。それと、餌に食いついて以来、あいつが他に何も食っちゃいないことも、肝に銘じておかねば。あれだけの巨体だ。本当はもっと食いたかろう。おれはマグロを丸ごと一匹食った。あすはシイラを食う。あの金色の魚(ドラド)を。あとで腸(はらわた)を抜くときに、すこし食べておいてもいい。マグロよりは食いにくかろうが、たまには厄介なこともある。

「いまどんな気分だ、魚よ」老人は声に出した。「おれは上々だぞ。左手もよくなった。今夜と明日一日分の食い物もあるし。ま、好きなように舟を引っ張るがいい」

本当は、気分上々とは言えなかった。肩にまわした綱の痛みは、痛みを通り越して、ずんと重たい得体のしれぬ麻痺(まひ)症状をもたらしていた。しかし、もっと手痛い目にあったこともあるしな、と思う。右手はほんのかすり傷程度だし、左手の引き攣りも治った。脚も問題ない。それに、食い物の補給の点でもこっちのほうがまさっているのだから。

周囲はもう暗かった。九月は日暮れるとすぐ暗くなるのだ。老人は舳先のすり減った板にもたれかかって、たっぷり休んだ。夜空に最初の星が現れた。リゲル星の呼び方を老人は知らなかったが、これが目に入れば他の星が次々に見えてくるのはわかっていた。夜空はすぐに、遠くできらめく友人たちで賑やかになるだろう。

「やつもおれの友だちだからな」老人は声に出した。「あれほどの魚は見たことも聞いたこともない。なのに、やつを殺さにゃならん。だが、あの星たちは、嬉しいことに、殺さなくていいのだ」

もし月を毎日殺さにゃならんとしたらどうだ、と老人は思った。月はさっさと逃げるだろう。だが、万が一、太陽を毎日殺さにゃならんとしたらどうだ？　してみると、おれたちはなんとも幸せに生まれついているのだ。

そう思うにつけ、食いたくても何も食えないあの大魚に、老人は哀れを催してきた。といって、あいつを殺そうとする意志が揺らぐわけでもない。あいつ一匹で、いったい何人の腹を満たせるだろう。だが、そういう人間たちにあいつを食う資格があるのか？　もちろん、ない。あれだけ堂々とした、風格のある魚を食う資格のあるやつなどいるもんじゃない。

こういうことはよくわからん、と老人は思った。が、太陽や月や星を殺さなくていいのは嬉しいことだ。海で暮らし、これぞ兄弟と思える魚たちを殺す、それ以上何を望むことがあろうか。

さてと、ここで、オールをおもし代わりにするのがいいかどうか考えておかねば。この手は、一長一短だな。オールを艫にくくりつけて舟を重くした場合、魚が本気で速度をあげたら、こっちはどんどん綱をくり出して応じなければならず、あげく逃げられてしまうかもしれん。このまま舟を軽くしておけば、お互いの苦しみが長引くだけだが、やつが隠し持っている馬鹿力を発揮して走りだした場合を考えれば、身軽でいたほうがこっちは安全だ。いずれにしろ、せっかくのシイラが腐らないように、早いとこ腸を抜いて、すこし食べておこうか。体力をつけるためにも。

ともあれ、あと一時間かそこらは休んで、やつの安定した動きに変わりがないかどうか確かめよう。それから艫に移ってシイラの腸を抜く。オールの件を決めるのも、そのときでいい。それまではやつの動きを見て、どう出るか気をつけるのだ。オールをくくりつけるのはいい手だが、いまは安全第一だ！　なにしろ、やつはまだまだ衰えるどころじゃない。鉤をくわえて口をがっきと閉じているところはしかと見た。やつにとっちゃ、鉤にかかったことなどつらくもなんともないのだ。つらいのは、腹が減っているのと、こっちの正体もわからんことくらいだろう。いまはじいさん、ゆっくり休んでおくことだ。次の出番まで、せいぜいやつに踏ん張らせておけばいい。

それから老人は休んだ。二時間は休んだな、と思ったが、いまは月の出が遅いので見当がつかない。それに休んだといっても、ほんのかたちだけだった。肩にまわした綱で魚に抗(さか)らっているのは相変わらずだが、左手を舳先の船べりに置いて、魚と引き合う力をますます舟に委(ゆだ)ねるようにしていた。

この綱を、舟に縛りつければ手間いらずだが、その場合、魚がちょっと身をくねらせるだけで切られてしまうだろう。やはり魚の引きを自分の体でたわめて、いざというときは両手で綱をくり出せるようにしておかなければ。

「だが、おまえはまだろくすっぽ寝てないだろうが、じいさん」つい声に出た。

「半日、一晩、それから丸一日、ほとんど寝ていない。あいつに当分暴れだす気がないなら、こっちはすこしでも眠る工夫をせんと。このまま眠らずにいたら、頭がぼうっとしてくるかもしれん」

だが、いまは頭もすっきりしている、と老人は思った。すっきりしすぎているほどだ。兄弟分の星たちくらいすっきりしている。でも、眠らんとな。星は眠る。月と太陽も眠る。海だってときには眠るから、潮流も目立たない波静かな日があるのだ。

とにかく眠らんとな。それを忘れんようにして、綱を確実に支える簡単な方法を工夫するのだ。とりあえずは後ろにいって、シイラを捌くことにしよう。眠るのを第一とすると、オールをおもし代わりに舟にくくりつけるのはちと危険かもしれん。

眠らなくとも平気だが、と老人は独りごちた。それはそれで危なかろうし。

魚をぐいと引いたりすることのないよう気をつけながら、四つん這いでそろそろと船尾に移動する。あいつも半分寝ているのかもしれんが、休ませたくはない。死ぬまで引っ張らせるのだ。

船尾までうまくもどった。前に向き直って、肩にまわした綱の重みを左手で支えながら、右手でナイフを鞘から引き抜く。いまは星明りでシイラもはっきり見えた。ナイフを頭に突き刺して、船尾の底から引っ張り出した。片足で押さえておいて、肛門から下顎の先まで素早く切り裂く。ナイフを放した右手で腸をとりだした。中をきれいに浚って、鰓もまるごとむしりとった。ぬるっとした胃袋がやけに重たいので切り裂いてみると、トビウオが二匹入っていた。まだ新しくて身もしまっている。二匹並べて下に置き、腸と鰓は海に投げ捨てた。どちらも青白い燐光を放って沈んでいった。シイラは冷たくなっていて、星明りの下、味気ない灰白色に見えた。その頭を右足で押さえて、片側の皮を剝ぐ。すぐ裏返して反対側の皮も剝ぎ、両側の身をそれぞれ頭から尻尾にかけて背骨から削ぎ離した。

骨だけになった残骸は、船べりからそっと海に捨てた。何か渦でも生じるかと目を凝らしたが、ただゆっくりと光りながら沈んでいった。そこで体の向きを変えた。二匹のトビウオをシイラの二つの切り身のあいだにはさみ、ナイフを鞘にもどしてから、そろそろと舳先に引き返す。シイラの切り身は右手で持った。背中で支える綱の重みで腰が曲がっていた。

舳先にもどると二枚の切り身を舟板に置き、トビウオを隣りに並べる。背中にまわした綱を新しい位置にずらし、船べりについた左手でしっかり握った。船べりから身をのりだしてトビウオを海水で洗ったとき、手にあたる水の速さに注意した。シイラの皮を剝いだ手が青白く光っており、その手が分ける水の流れに目がゆく。流れはさほど強くない。手のわきを舟にこすりつけると、青白く光る皮の小片が剝がれて、ゆっくりと船尾のほうに流れていった。

「やつめ、疲れたか、ひと休みしているか、どちらかだな」老人は言った。「ではこっちはシイラを食わせてもらって、休みがてらひと眠りするか」

星明りの下、しだいに冷え込む夜気を感じながら、老人は切り身の一枚の半分を食べ、腸を抜いて頭を切り離したトビウオを一匹腹におさめた。「シイラってやつは調理すればめっぽううまいのに、生で食うとからっきしだ。これからは、塩かライム抜きに漁には出られんな」

もうすこし頭が働けば、日が照っているあいだ舳先の板に海水を振りかけて乾かしたんだが。そうすりゃ塩ができたんだ、と老人は思った。ただ、シイラが掛かったのは日暮れ時だったしな。でも、準備不足だったのは間違いない。ま、あれはあれでよく嚙んで食ったし、いまのところ胃がムカついてもいない。

東の空が曇りはじめ、馴染(なじ)みの星が一つ、また一つと消えてゆく。まるで雲の大渓谷に乗り入れようとしているかのようだった。風もはたと止んでいる。

「三、四日したら天気は崩れるな」老人は言った。「だが、今夜から明日にかけては、まだもつだろう。さあ、じいさん、すこし眠る用意をしようや、やつがゆったりと泳いでいるまに」

右手でしっかり綱をにぎり、その手を太ももの下に押さえ込むと、舳先の板にのしかかるように体重を預ける。肩にまわした綱の位置はやや下にずらした。それに左手をかけて、異変に備えた。

右手がしっかり握っている限り、綱はいまのまま保たれるはずだ、と老人は思った。眠っているあいだに握力がゆるんでも、綱の走りを左手が感じとっておれを起こしてくれるだろう。右手にとっては難儀なことだが、なに、こいつは酷使されることに慣れている。二十分から三十分眠っても大丈夫だ。老人は綱にのしかかるようにして身を倒し、右手に全体重をかけているうちに眠り込んだ。

夢に現れたのはライオンではなく、八マイルから十マイルもつづくイルカの大群だった。ちょうど交尾期とみえて、空中高く跳び上がっては水面にあいた穴にまた飛び込んでゆく。

次の夢では自分が村にいて、いつものベッドに横たわっていた。北風が吹いていて、ひどく寒かった。枕代わりの右腕が痺れていた。

それから場面が、どこまでもつづく黄色い浜辺に変わった。夕映えの中、最初のライオンが浜に降りてきたと思うと、次々に仲間のライオンが降りてくる。自分は沖に停泊した船の舳先に顎をのせて、夕暮れの陸風に吹かれながら、もっとライオンが出てくるかなと眺めている。幸せな気分だった。

眠りつづける老人を、だいぶ前にのぼった月が照らしていた。魚は悠然と進みつづけ、舟は雲のトンネルに進入していった。

突然、右の拳がガツンと顔に当たって目がさめた。釣り綱がどんどん右の手のひらをすべってゆく。焼けるように熱い。左手の感覚がないまま右手で綱を押さえにかかったが、綱はするする走ってゆく。左手がようやく綱をつかみ、老人は背中にまわした綱に体重をかけて思いきりのけぞった。こんどは背中と左手が熱くなる。抵抗を一手に引き受けた左手の手のひらがひどく擦り切れた。背後を振り返って巻き綱を見ると、手元の綱が走るにつれて、勢いよくほどけている。次の瞬間、魚が海面を突き破って大きく跳ね上がり、ざばーっと落下した。もう一度、二度と、跳ね上がっては落下する。綱はどんどん出ていっているのに、舟はすごい速度で引かれてゆく。その綱が切れる寸前まで、老人は力をこめてはゆるめ、また力をこめてはゆるめた。それを何度もくり返した。体は前にのめって舳先の板に押しつけられ、シイラの切り身に顔がめり込んだがどうすることもできない。

これなんだ、お互いに待っていたのは、と老人は思った。よし、とことん、やってやろうや。

綱の償いはさせてやる。ああ、ただじゃおかん。

魚が跳ね上がる姿は見えず、ただ、海を割って躍り上がる音と再び落下するときの重々しい飛沫(しぶき)の音が聞こえるだけだった。綱の走りが速くて両手がひどく擦り切れたが、それは覚悟のうちだった。極力、すでにたこができている部分が切られるようにし、綱が手のひらに食いこんだり、指を切ったりしないように努めた。

あの子がいたら、すべり出る綱を濡(ぬ)らしてもらえるんだが、と老人は思った。そう。あの子がいてくれりゃ。あの子がいてくれりゃ。

綱は出ていった。どんどん出ていったが、スピードは落ちている。魚がすこし引っ張るにも精力を費やすように、仕向けた。頬がめり込んでいた切り身から顔をあげると、老人は舳先の板から上体を浮かした。そこにひざまずいて、慎重に立ち上がる。綱は依然くりだしているが、スピードは徐々に落ちている。目では見えない巻き綱を足でさぐれるところまで、じりじりと後ずさった。綱はまだかなり残っている。魚のやつには、これから水中を走る綱の重みがずんとこたえるだろう。

そうとも、と老人は思った。やつはもう十数回は跳ねたのだから、背中の浮袋も空気で満杯になったはず。おれが引き上げられない深さまでもぐって死ぬなんてことも、できなかろう。ほどなくやつは旋回しはじめる。そのときこそ仕留めにかからねば。それにしても、やつはなんで急に跳ねまわったのか？ 空腹のあまり捨て鉢になったのか、それとも闇の中の何かに怯えたのか？ おそらく急に怖くなったのだろうが、あれほど悠然として剛毅な、自信たっぷりの恐いもの知らずだったのに。妙な話だ。

「おまえも自信たっぷりの恐いもの知らずでいりゃいいんだ、じいさん」老人は言った。「やつをまた手なずけたはいいが、たぐり寄せることができん。いずれすぐに回りはじめるだろうが」

左手と肩で魚を操りつつ屈みこんで、右手で海水をすくいあげる。顔にへばりついたシイラの肉片を、きれいに洗い落とした。そのまま匂いをかいでいたら、たぶん気分が悪くなり、吐いたりして体力を失うとまずいと思ったのだ。顔がきれいになったところで右手を船べり越しに海水につけた。しばらくそうして浸しながら、ほんのりと白んできた空を眺める。あやつ、ほぼ東に向かっているな、と思った。へばってきて、潮の流れに乗っている証拠だ。おっつけ、回りはじめる。そこからが勝負だ。

もう引き上げてもよかろうと思い、右手を海水から抜いてじっと見た。

「悪くない。痛みで音を上げるようじゃ男とは言えんし」

こすられた生傷に食いこまないように、慎重に綱を持ち直す。体重を移動させて、こんどは左手を反対側の船べりから海水につっこんだ。

「ぐずった割りには、まあまあの働きをしおったよ、おまえも」左手に向かって言った。「どこで何をしているのか、わからんときもあったが」

どうして両方とも頑健な手に生まれつかなかったのかな、と老人は思った。この左手を甘やかしたおれが悪かったんだろうが、こいつだってあれこれ学ぶ機会はあったはずなのだ。でもまあ、昨夜の働きは悪くなかったし、攣ったのも一回こっきりだった。この先また攣ったりしたら、綱にこすらせて切り落としてやる。

そんなことを考えたとき、まずい、頭がぼうっとしてきたぞ、と老人は思った。シイラをもうすこし食おうか。いや、それはいかん。シイラを食って吐いたりして体力を失うよりは、まだしも頭がぼうっとしているのを我慢したほうがいい。それに、顔がめり込んだからって、あの肉を食ったら、蓄えがなくなってしまう。あの肉がいたんでしまうまでは、いざという場合に備えてとっておかなければ。だが、いまさら栄養をつけて体力を保とうとしても手遅れかもしれん。いや、馬鹿かよおまえは、と老人は独りごちた。ほれ、まだトビウオが残っているだろうが。

たしかに残っていた。腸を抜いて、いつでも食べられるようになっている。左手でつかむと、老人は骨もよく嚙んで、尻尾までむしゃむしゃと食べてしまった。

こいつはどんな魚よりも滋養があるんだ。いま必要な体力ぐらいはつけられる。これで、できることはやり尽くしたな。さあ、やつに回ってもらおう。勝負といこうや。

海にのりだしてから三度目の日の出を迎えた。そのとき魚が回りはじめた。

綱の傾き具合だけでは、魚が回っているとは読めなかった。まだそこまではいっていなかった。ただ、綱にかかる力が微(かす)かにゆるむのを感じたので、右手でそっとたぐりはじめた。例によって綱はぴんと張ったが、切れる寸前、向こうから綱が手元に入り込んできた。で、肩と頭から綱をはずし、ゆっくりと、間を置かずに引いていった。両手を交互に持ち替えて、脚と体を左右に振りつつ引っ張った。老いた脚と肩が振り子のように揺れて綱をたぐり込んだ。

「かなりでかい輪をえがいている」老人は言った。「だが、回っているのはたしかだ」

と、綱が素直に入ってこなくなり、やむなく押さえているうちに綱から水滴が弾(はじ)け飛んで、朝日にきらめいた。綱は以前のように手元から出ていく。老人は膝(ひざ)をついて、くそ、と思いつつ暗い海中に綱をもどした。

「いまはやつ、いちばん遠くを回っているんだろう」老人は言った。「ここはおれも踏ん張りどころだ、と思う。こうして引きしぼっていれば、輪もだんだん小さくなる。一時間もすれば、やつの姿を拝めるはず。そろそろやつにも観念させなければ。そして仕留めるのだ。

だが、魚はゆっくりと回りつづけた。二時間もすると、老人は全身汗だくになり、骨の髄までへばっていた。それでも魚の描く輪はぐんと小さくなっており、綱の傾き具合から推して、魚が着実に浮き上がってきているのは明らかだった。

この一時間ほど、老人の目の前には黒い斑点が見えていた。汗の塩分が目に入り、目の上と額の切り傷にもしみこんでいる。黒い斑点は怖くなかった。これだけ綱を引いていれば、そんな現象も不思議ではない。ただ、ふっと気が遠くなって眩暈がしたことが二度あった。心配なのはそっちのほうだった。

「ここで下手を打ってくたばるわけにはいかん」老人は声に出した。「これからあやつ、大見えを切ろうとしているんだ。とことん付き合ってやらんと。〝主の祈り〟と〝アベ・マリア〟の祈りを百回唱えたっていい。が、いまは無理だ」

頭の中で唱えて、あとで声に出して唱えよう。

そのとき、両手でつかんでいる綱がぐいっと引かれた。重たい手応えの、有無を言わせぬ鋭い引きだった。

やつ、槍のような嘴で、くわえたワイヤーの鉤素をぶっ叩いてるな、と老人は思った。いずれはと思っていたが、やっぱりだ。やらずにいられないのだ。となると跳ねるかもしれんが、もうしばらくは回っていてほしい。苦しくて、息をつぐためにも跳ねたいのだろう。だが、跳ねるたびに鉤をくわえた口の傷が広がって、鉤がはずれてしまうかもしれない。

「なあ、跳ねるなよ」老人は言った。「跳ねんでくれ」

魚はさらに何度かワイヤーを叩き、そのたびに老人はすこし綱をくり出した。

これ以上痛がらせんことだ、と老人は思った。おれの痛みはどうってことない。いくらでも我慢できる。だが、やつを痛がらせると、暴れだすからな。

しばらくすると、魚はワイヤーを叩くのを止めて、またゆっくり回りはじめた。老人はじっくりと綱をたぐり寄せにかかった。が、そこでまた、ふっと気が遠くなった。左手で海水をすくって頭に振りかける。さらに水をかけてうなじを撫でさすった。

「いまはどこも攣っちゃいない。やつはじきに上がってくる。こっちも、それまでは頑張れようさ。頑張らねば。あたりまえだ」

ひざまずいて舳先にもたれ、束の間、綱を背中にまわした。やつが大きく回っているあいだ、しばらく休もう。で、やつがもどってきたら、立ち上がって相手になる。そう決めた。

舳先で休んで、綱をたぐらず勝手に魚に回らせていると、このままずっとそうしていたくなる。だが、綱がぐっと引かれて魚が舟のほうにもどってきたのを覚(さと)ると、老人は立ち上がって、体を左右に振りながら、たぐれるだけの綱をたぐり寄せた。いやはや、へとへとだぞ、まったく、と老人は思った。折りから貿易風が立ってきた。こいつはやつを引っ張って帰る手助けになる。いいところへ吹いてきてくれたもんだ。

「やつがまた遠ざかったら、こっちは休もう。気分はずっとよくなった。あと二、三度回らせたところで、仕留めてやる」

麦藁(むぎわら)帽が頭の後ろにずり落ちていた。舳先にすわり込んで、張力のかかっている綱を握っていると、魚が回りはじめているのがわかった。

おまえはそうやって回っていろ、と老人は思った。こんどもどってきたときに勝負だ。

海面がかなり波立ってきた。だが、この風は頼りになる。これがあれば帰りも楽なのだ。

「舵を南西にとればいい。海で迷子になることはないし、帰る先は長い島なんだ」

魚が三回り目にさしかかったとき、姿が見えた。

最初は暗い影と目に映った。その影が舟の下を通りすぎる時間がべらぼうに長く、とんでもない体長とわかった。

「まさか」と声に出た。「そんなにでかいはずが」

だが、それほどでかかったのだ。その周回を終えるとき、魚は三十ヤードと離れていない海面に姿を現した。突き立った尾がはっきり見えた。後ろに反った薄い紫色の尾びれは、大鎌の刃よりも高く、濃い藍色の海面を切り裂いていた。水面すれすれのところを通ったので、巨きな胴体と、それをくるむ紫色の縞がはっきり見えた。背びれはたたまれ、左右の馬鹿でかい胸びれが大きく広がっていた。

このときは魚の目も見えた。周囲を泳ぎまわる二匹の灰色のコバンザメも目に入ったが、この連中は魚に密着するかと思えばさっと離れ、魚の黒い影に苦もなくまぎれてみせる。いずれも長さ三フィートを超え、素早くすり抜けるときはウナギのように身をくねらせた。

老人は汗をかいていたが、暑熱のせいばかりではない。魚が悠然と回るたびに綱をたぐり込んでいて、もう二回りしたときに銛を打ち込めると見ていた。

ともかく近くへ、近くへ、できるだけ近くへ寄せなければだめだ、と思う。頭を狙ったりしちゃだめだ。一気に心臓を狙うのだ。

「あせらず、腹を据えてな、じいさん」

次に回ったとき、魚は背中を見せたが、舟からまだ離れていた。その次もまだ遠かったが、背中はさらに高く海面から出た。いますこし綱をたぐれば間違いなく船べりに引き寄せられる、と見た。

銛の用意は万全だ。結びつけた細い綱はとうに輪状に巻いて丸籠に入れてあり、末端が舳先の索止めにくくりつけてある。

魚は回りながら近づいてきた。ゆったりと、優雅に。大きな尾びれだけが揺れている。いまだ。老人は渾身の力をこめて引き寄せにかかった。一瞬、魚はぐらっとかしいだ。が、すぐに立ち直って、また回りはじめた。

「ふらついたな」と声に出た。「ふらつかせてやったぞ」

また気が遠くなりかけたが、全力で大魚を抑えにかかった。やつめ、ふらついたからな、と思った。こんどはきっと引き寄せてやる。しっかり引け、手よ。ぐんと踏ん張れ、足よ。頑張ってくれ、頭よ。頼むから頑張ってくれ。これまで一度だって音を上げたことなどなかったろうが、頭よ。さあ、こんどこそは引き寄せてやる。だが、魚が横にくる前から引きはじめて、渾身の力をこめたにもかかわらず、魚はよろっとしただけでまた体勢を立て直し、すいっと遠ざかっていった。

「魚よ」老人は言った。「どうせ死ぬと決まったおまえだ。おれを道連れにしなきゃ気がすまんのか？」

道連れにしたところで何がめでたい、と老人は思った。口が乾いて声も出なかったが、いまは飲み水にも手をのばせない。こんどこそはやつを引き寄せてやる。これ以上回られたら、こっちの体がもたない。いや大丈夫、もっともさ、と自分に言い聞かせた。もっとも、いくらだって。

次に回ってきたときは、ほとんど引き倒せたと思った。が、魚はまたしても体勢を立て直して、ゆっくりと遠ざかってゆく。

おれのほうがやられちまうな、魚よ、と老人は思った。が、それも不思議ではない。おまえみたいにでかくて、美しく、悠然としていて、しかも気品のあるやつは見たこともないからな、兄弟よ。よし、好きなようにしろ、おれを殺せ。こうなったら、どっちがどっちを殺そうと同じこった。

待て、ちょっと頭がこんぐらかってきたぞ。頭はすっきりさせとかんと。すっきりさせればわかるはずだ、どうすりゃ男らしくこの場をしのげるか。いや、魚らしくだったか、と老人は思った。

「さあ、すっきりしろ、頭よ」声には出したが、自分でもほとんど聞きとれなかった。「すっきりしろ」

さらに二度、魚は同じように回った。

わからん、と老人は思った。魚が回るたびにこっちは気が遠くなりかけるのだ。わからん。が、もう一度やってみよう。

もう一度やってみて、魚を引き倒したところで、またふっと意識が遠のきかけた。魚はまた体勢を立て直し、大きな尾を宙にくねらせながらゆっくりと遠ざかっていった。

ようし、もう一度やってやる、と老人は念じた。が、両の手のひらはもうずたずたに裂けているし、目も、瞬時見えたかと思うとかすんでしまう。

もう一度やってみても、結果は同じだった。そういうことかと思った。こんどは、やろうとする前から気が遠くなった。とにかく、やってみよう。あともう一度。

体中にひしめく痛みに耐え、残っていた力を振り絞り、とうに失くしていた誇りを甦らせて魚にぶつけると、魚はぐらっと横に倒れて近寄ってきた。長い嘴が船べりに触れそうだった。そのまま傍らを通りすぎてゆく。長く、太く、銀色にきらめく胴体を紫色の縞がとりまいていて、果てしなく水中をよぎっていく。

老人は綱を放した。それを足で踏みつけ、銛を高々と持ち上げ、渾身の力をこめて、しかもなお残っていた力を絞り切って、自分の胸の高さまでもちあがっていた魚の横腹、大きな胸びれの真後ろに、突き下ろした。鉄の銛先がずぶっと沈む手応え。そこにぐっとのしかかってさらに深く突っ込み、全体重をかけて押し込んだ。

次の瞬間、死を抱え込んだ魚が最後の生気をとりもどし、水上高くせり上がって、堂々たる雄姿の全容と力と美を見せつけた。そいつは一瞬、老人の頭上の宙に静止したかに見えた。が、すぐにざばーっと海面に落下すると、老人と舟の上一面に盛大な水飛沫を浴びせかけた。

老人は頭がぼうっとして吐き気を覚えた。目の前がかすんだ。それでも、なんとか銛の綱をほぐし、赤むくれた両手のあいだからゆっくりと繰りだした。視界がすっきりすると、銀色の腹をさらして仰向けに浮かぶ魚が眼中に飛び込んだ。その肩口に銛が斜めに突き刺さっており、海は魚の心臓から噴き出る鮮血に染まろうとしていた。最初は、水深一マイルを超す青い海面に砂州が浮かんだように周辺がくろずみ、それはしだいに雲のように広がった。魚は銀色の腹を見せたまま波に揺られている。

いま見た光景をもう一度しっかり見直してから、老人は舳先の索止めに銛綱を二巻きほど巻きつけて上体を倒し、両手に頭をのせた。

「頭をすっきりさせとかにゃ」舳先の横板にもたれて言う。「くたびれたじじいのおれだが、兄弟も同然のこの魚に引導を渡すことができた。残るはつまらん手間仕事だ」

まずは釣り綱で輪っかをつくり、銛綱も手元に置いて、こいつを舟のわきにくくりつける用意をしないと。たとえ運ぶのが一匹でも、こいつをのせて舟が水びたしになったんじゃ、いくら掻(か)い出したところでもつわけがない。とりあえず必要なものを用意し、やつをたぐり寄せて舟のわきにしっかとくくりつける。それからマストを立てて家路につこう。

魚をわきに添わせようと、引き寄せにかかった。綱を鰓から口に通して、頭を舳先にくくりつけるのだ。この目でしかと見届けたいからな。手でさわって、やつを感じたい。やつはおれの宝物さ、と老人は思った。しかし、それだからさわりたいわけじゃない。おれはやつの心臓にさわったんだ。そう、二度目に銛を押し込んだときに。よし、やつを引き寄せて、くくりつけよう。尾っぽに輪っかをかけ、腹にもかけて、しっかと舟にくくりつけるのだ。

「さあ、働くんだ、じいさん」水をちょっぴり飲んだ。「闘いがすんで、手間仕事がたっぷり待ってるぞ」

空を見上げてから魚を見やる。太陽の位置を注意深くたしかめた。昼をすぎて間もないな、と思った。貿易風も立ち上がっている。これでもう釣り綱の役目は終わった。帰ったら、あの子の手を借りてつなぎ合わせよう。

「さあ、こっちにこい、魚よ」老人は言った。が、魚は近寄らず、ただ波に揺られて浮かんでいるので、舟のほうを魚に近寄せた。

真横に並んで魚の頭を舳先に寄せてみると、呆れるほどの大きさだった。銛綱を索止めからほどいて、先っぽを魚の鰓に通す。それを口から抜いてとがった嘴をひと巻きし、反対側の鰓からまた口に抜いて嘴に巻きつける。そこで二重結びにして、先っぽを舳先の索止めにしっかとくくりつけた。すぐにまた銛綱をすこし切り、こんどは艫（とも）に移って尾っぽにも輪をかけた。魚は本来の紫がかった銀色から褪せた銀色に変わっていた。縞は尾びれと同じ青みがかった紫色で、指を広げた人間の手よりすこし大きいぐらいの幅だ。その目は潜望鏡の反射鏡か、行列で掲げられる聖者像の目のようにしらじらしく見えた。

「殺すには、こうするしかなかったからな」老人は言った。水を飲んでから、気分は良くなっていた。もう気が遠くなることもなかろう。頭もすっきりしている。この魚、ざっと千五百ポンド以上はあるな、と思う。もっとあるかもしれん。捌くと三分の二くらいになるだろうが、一ポンド、三十セントで売れたらどれくらいになる?

「鉛筆がないと、どうにもならん。すらっと答えられるほど頭がすっきりしたわけでもなし。だが、きょうのおれの働きぶりなら、あのディマジオだって褒めてくれるだろうさ。そりゃ、おれの場合、踵（かかと）はなんともない。だが、両手と背中はとことん痛めつけられたんだから」それにしても、ディマジオが苦しんでいるという踵の骨棘（こっきょく）ってのは、どんなものなのかな。案外おれたちも、知らずに患（わずら）っているのかもしれんが。

舟の舳先、船尾、中央の座板に魚をつなぎとめた。あまりにでかいので、こっちより大きな舟を横に抱えたように見える。釣り綱を適当に切って、魚の下あごを嘴に縛りつけた。こうしておけば、口がひらいたりして水の抵抗を受けたりせず、なめらかに進めるだろう。次いでマストを立て、棒切れを斜桁（しゃこう）代わりにして下桁もとりつけ、継ぎはぎだらけの帆を張った。舟は走りはじめた。船尾に背中を預けて横たわると、老人は南西に針路をとった。

コンパスなどなくとも南西の方角の見当はつく。貿易風の感触と帆の孕（はら）み具合だけで十分にわかる。細い綱に疑似餌（ぎじえ）をつけて垂らしておいたほうがいいな。それで何か腹の足しになるものや、喉（のど）をしめらせる程度の水気も確保できようから。だが、疑似餌が見つからず、イワシも腐っていた。で、黄色いホンダワラのそばを通りすぎたとき手鉤（てかぎ）ですこし引っかけて揺すると、中にひそんでいた小エビがパラパラと底板に落っこちた。その数、十四以上。トビムシのように勢いよく飛び跳ねた。親指と人差し指で頭をむしりとり、殻と尻尾ごと口に放り込んでじっくりと嚙（か）んだ。

図体は小ぶりでも滋養に富んでいるのはわかっていたし、美味いのがよかった。

壜にはまだ二口分水が残っていたので、小エビを食べてから、ひと口分の半分ほどを飲んだ。たいした荷物を抱えているわりに、舟は順調に走っていた。老人は舵棒を抱えて舟を操った。魚はしっかり見えた。自分の両手を見、船尾にもたれている背中を感じるだけで、これは本当に起きたんだ、夢ではないのだとわかった。最後の決着が近づいて、思い通りにいかなかったときは、これは夢かと思ったりした。それから魚が洋上に躍り上がり、一瞬空中に静止したかに見えてから落下したときは、こんなべらぼうなことがあるものかと思って、信じられなかった。そのときは目がよく見えなかったのだが、いまは素晴らしく良く見える。

魚はちゃんとそこにいるし、この両手と背中も夢ではない。手の傷はすぐに治るさ、と老人は思った。血はすっかり出切ったから、あとは海水が治してくれるだろう。なんてったってメキシコ湾流の濃紺の水は、とびきりの妙薬なのだ。おれの務めはこの頭をずっとすっきりさせておくこと、それに尽きる。この手がしっかり務めを果たしてくれたからこそ、おれたちは順調に走っている。やつは口をぴたりと閉じ、尾びれを真っすぐに立てて、おれたちは兄弟のように進んでいるだろうが。

そんなことを考えていたら頭がすこしぼうっとしてきて、はてさて、と思った。いったいやつがおれをしょっぴいているのか、おれがやつをしょっぴいているのか。こうして並んでいるのではなく、おれがやつを引っ張っているのだったら答えははっきりしている。あるいはやつがすっかりしょぼくれて、この舟に積まれているんだったら、やっぱり答えは明白だ。実のところはこうして並んでつながって進んでいる。やつがそう思いたけりゃ、やつがおれをしょっぴいていることにしたってかまわんさ。なに、おれはやつよりずる賢いってだけの話だし、やつのほうにはまったく悪意なんぞなかったんだから。

舟と魚は何事もなく進み、老人は手を海水にひたして頭をすっきりさせておこうと努めた。空高く積雲が広がり、その上に巻雲も出ている。このぶんなら一晩中風がつづくな、と老人は思った。魚には絶えず目をやって、夢ではないことを確かめた。最初のサメが襲ってきたのは、それから一時間後のことだった。

偶然襲ってきたわけではない。黒雲のような血が水深一マイルの海中に滞(とどこお)って散ったとき、その深みからサメは上がってきたのだ。何の前触れもなく、いきなり急上昇し、青い海面を真っ二つに割って躍り上がりざま陽光に身をさらした。と思うとまた水中にもぐり、血の匂いをとらえて舟と魚の曳く航跡を追いはじめた。

ときどき匂いを失っても、また嗅ぎつける。微かな痕跡をとらえただけで猛然と追ってきた。かなり大型のアオザメで、その体形は海中で最速の名にふさわしく、均整のとれた美しさを顎だけがそこなっていた。背はメカジキのように青く、腹は銀色、表皮もなめらかで非の打ちどころがない。体つきはメカジキにそっくりで、巨きな顎だけが独特だが、いまはその顎をしっかり閉じて、海面の真下を素早く移動している。高い背びれが微動だにせず水を切っていた。顎を閉じても二重の唇のようにむきだした上下の歯茎には、内向きに反った歯が合わせて八列ならんでいる。たいがいのサメのピラミッド型の歯ではなく、何かを鷲づかみにしようとするときの人間の指先に似ている。長さも老人の指くらいだろう。どの歯も表裏が剃刀の刃のように鋭い。海中の魚をかたっぱしから食らうようにできた魚で、その速さといい、強さといい、武器といい、向かうところ敵なしと言っていい。そのアオザメがいま、より濃厚になった匂いを追って、青い背びれで水を切り裂きつつスピードを上げていた。

近づいてくるサメを見て、こいつは怖いもの知らずの、好き勝手なことをしてのけるやつだ、と老人は覚った。すぐに銛を手にとり、サメの接近を見守りながら銛綱をくりつけた。さっき魚を舟にくくりつけるために切りとった分だけ銛綱は短かった。

いま、頭は濁りなく澄んでおり、肚もくくっていたが、望みはほとんど消えていた。つくづくいいことは長続きせんな、と老人は思った。近づいてくるサメを見守りつつ、大きな魚をちらっと見やる。やっぱり夢のようなもんだったか、と思う。やつの攻撃はかわせないだろうが、一泡吹かせてやることはできよう。デントゥーソめ。おまえの母親まで呪われちまえ。

サメは船尾に迫った。そして魚に襲いかかったとき、老人には見えた、ぐわっとあけた口、不気味に光る目。がしっと歯を打ち鳴らして、サメは尾の手前の肉に食らいついた。海面からサメの頭部がのぞき、背中も露出しかけている。大魚の皮と肉がむしりとられる音が聞こえた。そのとき、老人はサメの頭に、その両目を結ぶ線が鼻から背中に走る線と交差する一点に、銛を突き下ろした。そんな線が実際に引かれているわけではない。そこにはただ、ずっしりととがった青い頭と、大きな目と、歯を打ち鳴らしてやみくもにかぶりつく顎があるだけだ。が、そここそが脳の位置で、老人はそこを突いたのだ。切っ先鋭い銛を、血まみれの手で握りしめ、くたばれとばかり突き下ろした。望みはなかったが、肚を据えて、むきだしの敵意を叩きつけた。

サメは寝返りを打つようにぐるっと一回転した。その目はもう死んでいると老人は見た。サメはまた一回転し、銛綱を二まわり体に巻きつけた。明らかにもう死んでいるのだが、サメはそれを認めようとしない。仰向けになって尻尾で水を打ち、顎を打ち鳴らしながらモーターボートのように水を切って逸走した。尻尾が水を打つそばから海面が白く波立った。体の四分の三ほどが水面に露出したとき、綱がぴんと張り、ぶるっと震えたと思うと弾けて切れた。サメはしばらく水面に浮かんでいた。老人が目を凝らすうちに、やがてゆったりと海中に沈んでいった。

「やつめ、肉を四十ポンドは食いちぎっていったな」老人は声に出した。そればかりかおれの銛と、銛綱も残らず持っていきやがった。おれの魚はまた血を流している。サメが次々にやってくるだろう。

無残に損なわれた魚を、老人はもう見たくなかった。大魚が襲われたときは、この身が襲われたような気がしたが。

しかし、その仇はとってやった、と老人は思った。あんなにでかいデントゥーソは見たこともない。でかいサメはさんざん見てきたおれだが。

つくづく、いいことはつづかんもんだ、とあらためて思った。これでは、いっそ夢だったほうがよかった。こんな大魚を引っ掛けたりせず、新聞を敷いたベッドに独りで寝転んでいたほうがどんなに気楽だったか。

「だが、人間ってやつ、負けるようにはできちゃいない」老人は言った。「叩きつぶされることはあっても、負けやせん」あの魚を殺したのは悪いことをしたが、と老人は思った。けれども、こっちはこっちで、この先難関が待っているのに銛がないときている。デントゥーソは残忍で、目端が利いて、強くて、頭がいい。だが、頭の良さではこっちのほうが上だ。いや、どうかな。こっちはただ、やつらにはない武器を持っているだけなのかもしれん。

「あれこれ考えるなよ、じいさん」老人は声に出した。「このまま進んで、いざとなったら受けて立ちゃいいんだ」

だが、やはり考えなきゃな、と老人は思った。おれに残されているのはそれだけなんだから。それと野球だ。さっきの、サメの脳天への銛の一撃。あれをディマジオが見ていたら、感心してくれたかな。いやいや、あれはたいしたこっちゃない。どんな人間にだってできるさ。だが、おれはあれだけ手をやられていた。あれは、踵の骨棘に劣らず不利な条件だったと言えんかな？　さあ、わからん。おれが踵を悪くしたのは、泳いでいる最中にアカエイを踏んづけて、刺されちまったときくらいだった。あのときは脚の下のほうが痺れて、まあ痛かったのなんのって。

「もっと気が楽になることを考えたらどうだ、じいさん。こうしているいまも、おまえは刻々と家に近づいてるんだから。四十ポンドも肉をとられたが、それだけ船足が軽くなったってことだろうが」

海流の真ん中にさしかかったらどうなるか、それは承知している。だが、いまさら打つ手はなかった。

「いや、待て、まだ手はあるぞ」思わず声に出た。「オールの尻にナイフをくくりつければいい」

で、舵棒を腕の下に抱え、帆綱を足で押さえておいて、それをやりとげた。

「これでよし。おれはじじいに変わりないが、もう丸腰じゃない」

また風が強くなっていて、舟は順調に進んだ。大魚の前半分しか見ないようにしていると、いくらか希望も湧いた。

自分から諦めちまうなど愚かなこった、と老人は思った。それは罪というもんだ。いや、罪なんてことは考えまい。それでなくとも厄介なことがどっさりある。そもそも、罪とはどういうものか、からきしわからんし。

そう、わかっちゃいない。罪なんてものがあるのかどうかも、わからん。たぶん、あの魚を殺したのは罪だったのだ。たとえ自分が生きるため、大勢の人間を食わせるためにやったとしても、罪だったんだろうよ。となると、何をやっても罪だということになる。もうやめよう、罪のことを考えるのは。いまさら手遅れだし、この世には罪のことを考えるのを生業にしている連中もいる。そういう連中に任せよう。おまえはそもそもが、漁師になるために生まれたんだ、魚が魚になるために生まれたようにな。聖ペテロだって、あのディマジオの親父さんだって、漁師だったんだ。

だが、老人は自分に関わる事なら何でも考える性分だったし、いまは読むものもなし、ラジオもないため、自然と頭が働いて罪のことを考えつづけた。だいたい、あの魚を殺したのは、自分が生きるため、売って稼ぐため、とばかりは言えなかった。男としての誇りがかかっていたし、漁師の本分を果たすためでもあった。やつには、生きているときも、死んでからも、愛着を抱いた。としたら、殺しても罪にはなるまい。いや、もっとひどいことなのか？

「考えすぎだぞ、じいさん」老人は声に出した。

だが、あのデントゥーソを殺したときは、気分がよかった。あいつもおれと同じで、生きた魚を食らって生きている。腐肉をあさっているわけじゃないし、単に食い気を満たすために生きているやつらともちがう。姿もいいし、気高さもあるし、何ものをも怖れない。

「あいつを殺したのは、おれ自身を守るためだったんだ」老人は言った。「殺し方も悪くなかったし」

それに、と老人は思った。だれでも何かを殺して生きているんだ。漁師って稼業は、おれを生かしもすれば殺しもする。なんとか生きていられるのは、あの子のおかげだ。身の程をわきまえたほうがいい。

船べりから魚に手をのばして、サメが食いちぎったあたりの肉をすこしむしった。食べてみると、上質で味もいい。牛肉のようにしまっていて旨(うま)みがあるが、赤くはない。筋もないから、市場に出せば最高の値がつくだろう。それはいいのだが、この匂いだけは海中からなくせない。最悪の事態を、老人は覚悟した。

風は相変わらず吹いている。やや北東向きに変わったが、それでしばらくは衰えないとわかった。前方に目をやっても、舟の帆一つ見えない。汽船の船体も煙突の煙も見えない。目に入るのは舳先(へさき)の両側に跳ね上がってとおざかるトビウオたちと、ホンダワラの黄色い群れぐらいだ。一羽の鳥も見えなかった。

そうして進むこと二時間、船尾で楽な姿勢をとり、すこしでも体力をつけようと、カジキの肉をちぎって食べていると、二匹のサメの先頭のやつが目に入った。

「ええい」思わず声に出た。このとっさの声は、言葉に言い換えようがない。おそらく、手のひらを釘(くぎ)で板まで打(う)ち貫(ぬ)かれた人間が思わず発する声とでも言えばいいか。

「ガラーノめ」と、つづけて言った。最初の背びれの背後に二番目の背びれが迫っているのを、老人の目はとらえていた。茶色い三角形のひれ、素早く薙(な)ぐような尾の動きから推して、平たいシャベル鼻のサメだとわかった。血の匂いに興奮し、空腹のあまりやみくもに動いて、匂いを失ったり、また見つけたりしながら、急速に接近している。

老人は帆綱を索止めにくくり、舵棒を固定してから、ナイフをくくりつけたオールをとりあげた。軽く握ってもちあげたのは、痛む両手が思うに任せなかったせいだ。その手をひらいては閉じて、無理なく握るようにする。あらためてしっかと握りしめて苦痛をこらえ、もはや手をゆるめずに、近づいてくるサメに目を凝らした。平たい、シャベルのようにとがった頭と、先端が白い幅広の胸びれがはっきり見えた。いやな臭いを放つ獰猛なサメだ。殺し屋でありながら腐肉もあさる。腹をすかすと舟のオールや舵棒にでも食らいつく。海面でのんびり寝ているカメの手足を食いちぎるのもこいつらだ。腹をすかしていると、水中の人間まで襲う。その人間に魚の血の匂いやぬめりがついていなくとも見境なく襲いかかる。

「ええい」老人は言った。「ガラーノめ。さあこい、ガラーノ」

サメがきた。が、さっきのアオザメとは攻め方がちがった。最初の一匹が身をひるがえして舟の下にもぐりこんだ。舟がぐらっと揺れる。やつ、魚に食らいついて、引きちぎろうとしたのだ。もう一匹は細い黄色い目でじろっと老人を見てから、半円形の顎を大きくあけて、魚にかぶりついた。さっき、アオザメに食われたところだ。茶色いガラーノの頭から背中、脳が脊髄とつながる箇所にかけて、くっきりと線が浮いている。オールに結びつけたナイフをぐさっとそこに突き入れて、すぐに引き抜き、こんどは黄色い、猫のような目に突き入れた。サメは魚から離れ、くたばりながらも、かじりとった肉を呑(の)み込んで沈んでいった。

舟はなおも揺れている。もう一匹のサメが執拗(しつよう)に魚に突っかかっているせいだ。老人は帆綱をほどいて舟を横にまわした。サメの背中が露出してくる。すかさず船べりから身をのりだして、一撃をくらわせた。が、これはわずかに肉をえぐっただけで、皮が硬いため深く突き入れることができない。その反動で、両手ばかりか肩まで痛みに痺れた。サメは素早く浮上して頭を出す。鼻面(はなづら)を突き出して魚に食らいついた一瞬を逃さず、その平たい頭の真ん中にナイフを突き入れた。と同時に抜いて、まったく同じ箇所に再度突き入れる。サメはがっちり顎を閉じて、魚から離れない。老人はその左目にナイフを突き刺した。依然として食らいついている。

「まだか?」老人は言い、脊柱骨と脳のあいだにナイフを突き刺した。こんどは楽にいって、軟骨が切断される手ごたえがあった。オールを逆さに持ち替え、水かきのほうをサメの顎のあいだに差し込んで、こじあける。オールをぐりっとねじると、サメはとうとう魚を放して沈んでゆく。「いいぞ、ガラーノ。一マイルの深みまで沈んでいけ。そこでさっきの仲間と会うんだな。いや、あれはおまえのおふくろだったか」

ナイフの刃を拭(ぬぐ)って、オールを下に置いた。帆綱を見つけて帆に風をはらませ、舟を元のコースにもどした。

「四分の一くらい、食いちぎられてしまったな。それも、いちばん上等なところを」思わず声に出た。「夢ならよかったよ。おまえさんを釣り上げたのが間違いだった。すまんことをしたな、魚よ。こんな破目になろうとは」そこで口をつぐんだ。魚のほうはもう見る気になれない。血をすっかり抜かれ、波に洗われて、大魚はいま、鏡の裏のような銀色になっている。胴体の縞は、まだ残っていたが。

「どうしてこんな沖合に出ちまったかな。おれもおまえも馬鹿(ばか)な目を見てしまった。悪かったな、魚よ」

さて、と自分に言った。ナイフをくりつけた結び目を見ておけ。ほころびていないかどうか。手もちゃんと動くようにしとかんと。まだまだ襲ってくるだろうから。

「ナイフ研ぎの砥石(といし)がほしいところだ」ナイフをくりつけた結び目を確かめてか

ら、老人は言った。「あれを持ってくるんだった」そういうものはたくさんある、と老人は思った。だが、持ってこなかったんだよな、じいさん。ま、ない物を嘆いたところで仕方がない。あるもので何ができるかを考えるこった。

「それは筋が通ってるが」老人は声に出した。「もう聞き飽きたぞ、そんな御託は」

舵棒を小脇に、両手を海にひたした。舟は進みつづける。

「いまのやつ、どれだけ食いちぎったやら。だが、舟はその分、軽くなったな」食い荒らされた魚の腹の部分のことは、考えたくなかった。やつらにガツンと突き上げられるたびに、かなりの肉をちぎられていたわけだ。そして魚はいま、海じゅうのサメをおびき寄せる臭跡を引いている。海に幅広い街道を敷いているようなものだ。

こいつは一人の男が優に冬を越せるだけの稼ぎになる魚だった、と思う。いや、そんなことは考えるな。いまは休んで、両手の調子を整えるんだ。残った分だけでも守れるように。いま、海中にたっぷりまき散らされている魚の匂いに比べりゃ、この手の血の匂いなど、どうってことはない。ひどく出血しているわけでもなし、たいした傷を負っているわけでもない。多少の出血のおかげで、左手の引き攣りが防げるかもしれんだろうが。

いま考えられることってあるか、と老人は思った。何もない。何も考えずに、次に襲ってくるやつを待つ。それしかない。すべてが夢だったら、どんなに良かったか。いや、どうかな。いい結果に終わったかもしれんのだから。

次にやってきたのは一匹で、さっきと同じひらたい鼻をしたやつだった。そいつは餌桶(えさおけ)をあさるブタのような勢いで襲ってきた。人間の頭が丸ごと入りそうなでかい口で。いったん食らいつかせておいて、老人はオールにくくりつけたナイフで脳天をひと突きした。が、そいつは背後に飛びすさりながら体をひねり、ナイフの刃はピシっと折れてしまった。

老人は舵をとることに集中した。緩慢に海中に沈んでゆく大きなサメを見ようともしなかった。最初は等身大に見えたサメはしだいに小さく、最後はぼやっとした点のようになった。いつもならそういう光景に見惚(みと)れる老人が、いまは目もくれなかった。

「まだ手鉤があったな」と声に出す。「だが、あれは何の役にも立つまい。残るは、オールが二本に舵棒、それと短い棍棒(こんぼう)くらいか」

ほとほと参ったな、やつらには、と思った。この歳じゃ、棍棒でサメを殴り殺すこともできん。が、何とかやってみよう、オールと短い棍棒と舵棒がある限りは。

老人はまた両手を海水にひたした。夕暮れ近くになっていて、目に入るのは一面の海と空ばかり。上空では風が強くなっている。そろそろ陸地が見えてくるといいが。

「疲れたな、じいさん。体の芯から疲れちまった」

それっきり現れなかったサメがまた襲ってきたのは、日が落ちる直前だった。

茶色い背びれが二つ、魚が海中に曳く幅広い航跡沿いに接近してくるのが見えた。もう匂いを嗅ぎまわるどころか、二匹ならんで、まっしぐらに殺到してくる。

まず舵棒を固定した。帆綱もしっかり索止めに縛ってから、船尾の底に寝かしておいた棍棒に手をのばす。それは、折れたオールを二フィート半ほどの長さに切ったものだった。握りの部分のかたちからして、片手でしかうまく扱えない。そいつを右手で握りしめると、手首を揺らして慣らしながら、近づいてくるサメを見守った。二匹ともガラーノだった。

最初のやつに食らいつかせておいて、鼻の先か頭をぶっ叩くんだ、と老人は思った。

二匹のサメは同時に迫ってきた。すぐ手前のやつが顎(あご)をひらき、魚の銀色の腹に食らいついた。瞬間、老人は棍棒を高く振りかざして、そいつのひらたい頭に振り下ろした。ゴムをぶっ叩いたような弾力を覚えると同時に骨の硬さも伝わって、魚からずり落ちてゆく鼻先に、もう一度棍棒を叩きつけてやった。

もう一匹のサメは食らいついては離れていたが、最後に大きく顎をひらいて突っ込んできた。白い肉片が顎の隅からたれさがっている。と見えたのもつかの間、そいつは魚に嚙みついて、がっしと顎を閉じた。老人は棍棒を振り下ろした。が、頭を打っただけだったせいか、サメは一瞬こっちを見て、肉を食いちぎった。すぐに体を引いて肉を呑み込もうとするところへ、もう一度棍棒を振り下ろす。だが、硬いゴムを殴りつけた手応えしか残らなかった。

「どうした、ガラーノ」老人は言った。「もう一度かかってこい」

猛然と突っ込んできて魚に食らいついたサメに、老人は棍棒を振り下ろした。高々と振りかざして打ち据えたため、確かな手応えがあった。脳の基底の骨を打ったと感じたので、もう一度同じ箇所を打ち据えた。サメは力なく肉をむしって、魚からずり落ちていく。

もう一度くるかと老人は目を凝らした。が、どちらも寄ってこない。そのうち一匹が海面に浮上して旋回しているのが見えた。もう一匹は、ひれすら見えなかった。

あの二匹、息の根を止めるのは無理だな、と老人は思った。若い時分なら殺せたかもしれない。ただ、かなり痛めつけてやったから、二匹とも相当へたっているはずだ。もし両手でバットを振り下ろせたら、最初の一匹は間違いなく殺せたな、いまのおれでも、と思う。

魚はもう見たくなかった。半分は、食いちぎられたに決まっている。サメと闘っているあいだに、日が沈んでいた。

「じきに暗くなる。ハバナの明かりが見えるはずだ。東に寄りすぎていたとしても、どこか新しい浜の灯が見えるだろう」

ここはもう、そんなに遠い沖合じゃあるまい。村のだれにも心配をかけていなければいいが。もちろん、あの子だけは気を揉んでいるだろう。だが、おれの力はわかっているはずだ。年をくった漁師たちは、気を揉んでいるのが多いかもしれん。他にもたくさんいるかもな。おれはつくづくいい村に住んでいるんだ。

魚にはもう話しかけられなかった。見るも無残な姿になってしまったからだ。すると、ある思いが頭に湧いた。

「なあ、半身の魚よ」老人は呼びかけた。「変わり果てた魚よ。とんでもない沖合に出てしまってすまなかったな。おかげで、おれもおまえもさんざんな目にあった。でも、おれたち、けっこうな数のサメを殺しただろうが。他にもたくさん痛めつけてやったし。おまえはこれまでに、どれだけ殺した？　その槍のような嘴、だてに備えてるわけじゃあるまい？」

この魚、自由に泳ぎまわっていれば、サメにどういう落とし前をつけられるか。それを考えると楽しかった。そうだ、あの嘴を元から切って、やつらと闘えばよかった。だが、斧がなかったし、ナイフもなくなってしまった。

本当に切り離して、その嘴をオールにくくりつけることができたら、どれだけ頼もしい武器になったことか。それでこそおれたち、力を合わせて闘えたかもしれん。やつらがまた夜中に襲ってきたら、どうする？　どうすればいい？

「闘う」老人は言った。「死ぬまで闘ってやる」

だが、いまは闇につつまれ、空の明るみも陸の灯も見えず、風だけが吹いて帆が舟を引っ張っている。自分がもう死んでいるような気がした。両手を合わせて、手のひらの感触をさぐる。手は死んでいない。ひらいたり閉じたりすると痛いから、まだ生きていると感じた。船尾にもたれかかって、死んではいないとはっきりわかった。肩もそう告げている。

魚をつかまえたら祈りをぜんぶ唱えると誓ったな、と老人は思いだした。が、いまはへばっちまって、それどころではない。また袋を肩にかけて、当て布にしようか。

船尾にもたれかかって舵をとりながら、空に明るみが射(さ)してこないかと見守る。魚はまだ半分残っているんだ、と思った。運が良ければ、前(まえ)半分は持ち帰れる。それくらいの運が残っていたってよかろうが。いや、と老人は言った。沖合に出すぎたとき、おまえは運を根絶やしにしてしまったんだ。

「馬鹿なことを考えるな」老人は言った。「しっかり目をあけて、舵をとれ。まだまだ運は残ってるかもしれんさ。

運を売ってるところがあるなら、ちょっとばかし買いとりたいもんだ」

でも、何と引き換えに買えばいい？　老人は自問した。銛はなくしちまったし、ナイフは折れちまったし、両手は傷んでしまった。それを代償に買えるかな？

「案外、買えるかもしれんぞ」と、声に出た。「八十四日の不漁と引き換えに、買買おうとしたんだろうに。で、買えそうなところまでいったんだ。

馬鹿なことを考えるな、と老人は思った。運というやつはいろんな形で現れるものだ。としたら、どうしてそれと見きわめがつく？　まあ、どんな形でもいただけるものはいただいて、先方の言い値を払ってやろうじゃないか。いまのおれの願いは、町の明かりが見えてくることだな。何かと欲の皮の突っ張ったおれだが、いまの願いはそれだ。もっと楽な姿勢で舵をとろうとすると、体のあちこちが痛む。それで、自分は死んじゃいないと、はっきり覚った。

町の明かりの照り返しが見えたのは、夜の十時頃だったか。最初はもやっとしていて、月の出の前の仄かな明るみと映った。そのうち、風がつのって荒れはじめた波を隔てても、たしかな明りとして見えてきた。その方角に舵をとりながら、これで、じきにメキシコ湾流の縁に達するだろう、と老人は思った。

終わったな、という感慨が浮かぶ。やつら、また襲ってくるだろうが、この暗闇だ、ろくな武器もない人間にどう太刀打ちできる？

体のあちこちが強ばって痛む。傷ついたところや無理を強いた体の部分が、夜の冷え込みと共に悲鳴をあげているのだ。もう闘うのはごめんだ。二度と闘わずにすめば、どんなにありがたいことか。

だが、夜半になって、老人はまた闘いを強いられた。これはもう無用な闘いとわかっていたのだが。やつらは群れをなして襲ってきた。といっても、見えるのは、やつらのひれが波を切る線と、身を躍らせて魚に襲いかかる際、燐光のように闇にひらめく光彩のみ。老人はそいつらの頭に棍棒を振り下ろした。顎ががしっと肉を食い切る音がし、下からも肉にかぶりつくはずみで舟が揺れる。打ち据えた感触と音を頼りに、やみくもに棍棒を振り下ろした。一瞬、棍棒をつかまれたと思うと、それはもう手中から奪われていた。

ならばこれだと、舵棒をぐいと引き抜き、両手で握って叩きつけ、殴りつけ、何度もくり返し振り下ろした。が、やつらはこんどは舳先にまわり、次々に、また一斉に飛びかかって、肉を食いちぎる。反転してまた襲いかかろうとするやつらのくわえた肉の切れはしが、水中で白っぽく光っていた。

そのうちとうとう一匹が頭に食らいついてきて、ああ、これで終わりか、と老人は思った。すぐさま、そいつの頭に、思いきり舵棒を振り下ろした。魚の重さに負けて、サメの顎は肉に食らいついたまま、ちぎれずにいる。そこに一度、二度、三度と舵棒を振り下ろした。と、舵棒が折れる音がした。手元に残った棒の、裂けてとがった先でサメを突いた。ずぶっと沈んだ感触から、十分に先がとがっていると知り、もう一度突き刺した。サメはとうとう魚から離れ、反転して遠ざかってゆく。それが、襲来した群れの最後の一匹だった。もう食らう肉もなくなったのだ。

いまは息も苦しく、口中に妙な味があった。銅を嚙んだような、甘ったるい味。一瞬不安がよぎったが、味はすぐに薄れた。

ペッと海に唾(つば)を吐いて、老人は言った。「それでも食らえ、ガラーノ。人間を殺した夢でも見ていろや」

つくづく、やられたな、と思う。もうどうしようもない。船尾にもどって、舵棒の折れた先が舵穴にぴったりはまるのを知った。これなら舵もとれよう。また袋を肩のまわりにあてて、舟を元のコースにもどした。舟はいま軽やかにすべっていく。もはや何の思いもなく、いかなる感情も湧かない。もうすべてが過ぎ去ったのだ。いまはただまっとうに頭を働かせて舟をすべらせ、母港に帰り着ければいい。夜半にサメが魚の残骸を襲ってきたが、それはテーブルのパンくずを拾うようなものだった。老人はまったく意に介さず、ただひたすら舵をとることに専念した。舷側の重みがなくなって、舟も軽々と調子よくすべっていくな、と思っただけだった。

これなら大丈夫だ。この舟はまだ使える。損害は舵棒が折れただけだが、それだって簡単に取り換えがきく。

舟は潮流の中に入ったと感じられた。浜辺沿いの集落の灯がいくつも見えた。いまの舟の位置もわかった。もう苦もなく港に帰りつける。

とにかく、風はおれたちの友だちだな、と老人は思った。もちろん、場合にもよるが、と頭の中でつけ加える。そして広い海には味方もいれば敵もいる。それからベッドだ。ベッドは味方だぞ。素晴らしいんだ、ベッドってやつは。いざやられてしまうと、気楽なもんだな。それが初めてわかった。で、おれは何にやられたのか。「そんなものはない」と声に出した。「ただ沖に出すぎたんだ」

小さな港に帰り着くと、〈テラス〉の明かりは消えていた。もうだれもが寝ている時間なのだ。しだいに強まっていた風が、いまはかなり吹き荒れている。だが、港に入ってしまうと静かだった。岩場の下の小さな砂利浜に舟をつけた。手伝ってくれる者もいないから、なるべく浜の上のほうまで舟を寄せる。浜に降りて、舟を岩につないだ。

マストをはずし、帆を巻きつけて、くくりつける。マストを肩にかついで坂をのぼりはじめた。そのとき初めて、どれだけ自分が疲れ果てているか、思い知らされた。立ち止まって振り返ると、街灯の光を受けて、魚の大きな尾びれが船尾の背後に直立しているのが見えた。背骨は白いむきだしの線に見えたし、嘴が突き出ている頭部は黒い塊だった。そのあいだには、虚ろな空間があるだけだった。

また坂をのぼりだし、のぼり切ったところでふらっと倒れた。マストを肩に、しばらくそのままうつ伏せになっていた。なんとか立ちあがろうとしても、力が入らない。マストを背にすわり込んで、道路を眺めた。道の向こう側を、何の用事か、一匹の猫が通りすぎる。しばらくそれを眺めていたが、猫が消えると、ただ道路を見ていた。

とうとうマストを置いて、立ちあがった。またマストを持ちあげて肩にかつぎ、坂をのぼりだす。それから五回はしゃがみこんで、ようやく小屋にたどり着いた。中に入って、マストを壁に立てかける。暗がりの中で水の壜を見つけ、一口飲んでからベッドに倒れこんだ。毛布を肩に引っ張りあげ、背中から脚にもかかるようにする。新聞紙にうつ伏せになり、両腕を伸ばすと、手のひらを上向きにして眠りこんだ。

朝になって、少年が戸口から覗(のぞ)くと、老人はまだ眠っていた。その日は朝から風が強く、釣り舟はまず出そうにない。少年は寝坊をして、いつものように老人の小屋にやってきたのだった。老人が息をしているのを見届けてから、老人の手を見て、思わず泣きだした。そうっと足音を立てずに小屋を出た。コーヒーを持ってこようと歩きだしたが、ずっと泣き通しだった。

老人の舟のまわりには漁師たちが群がって、わきにくくりつけられたものを眺めていた。ズボンの裾(すそ)をまくって水に入り、綱で残骸の長さをはかっている者も一人いた。

少年は降りていかなかった。もうそれは見ていたし、代わりに舟の後始末をしてくれている漁師もいた。

「どうだい、じいさんの様子は?」漁師の一人が声をかけた。

「寝てるよ」少年も大声で答えた。泣いているのを見られても、平気だった。「そっとしておこうよね」

「鼻から尻尾（しっぽ）まで十八フィート」計っていた漁師が大声で叫ぶ。

「それくらいはあるよ」少年は言った。

〈テラス〉に入ってゆき、コーヒーを缶に入れて、と頼んだ。

「熱くしてね。ミルクと砂糖をたっぷり入れて」

「他には？」

「それだけでいい。あとで、何が食べたいか聞いておくから」

「たいした代物（しろもの）だな」店主は言った。「初めてお目にかかったよ、あんな魚には。おまえが昨日釣りあげた二匹も、立派なもんだったが」

「ぼくのなんか、どうでもいいよ」少年は言って、また泣きだした。

「どうだい、何か飲んでいくか？」店主は訊（き）いた。

「ううん、いい。サンチアゴをそっとしておきたいんだ。みんなにそう言っといて。ぼく、またくるから」

「残念だったな、と言っといてくれ」

「ありがとう」

少年は熱いコーヒーの缶を老人の小屋まで持ってゆき、そばにすわって老人が目覚めるのを待った。一度、目が覚めそうに見えたが、また深い眠りに落ちていった。少年はコーヒーを温め直せるように、すでに道路の向こうにいって薪(まき)を借りてきてあった。

ようやく老人は目を覚ました。

「そのままでいて」少年は言った。「これを飲むといいよ」コップにコーヒーをいくらかついだ。

老人は受けとって、コーヒーを飲んだ。

「やられたよ、マノーリン。ぐうの音も出ないほどな」

「でも、あれにやられたんじゃないよね。あの魚にやられたんじゃ」

「ああ。あれじゃない。その後だった」

「いま、ペドリコが舟や道具の後始末をしてくれてるんだ。あの頭はどうする？」

「ペドリコに任せるんだな。切り刻んで、漁の仕掛けにでも使えばいい」

「あの槍みたいな嘴(くちばし)は？」

「ほしけりゃ、おまえのものにするさ」

「うん、ほしいな」少年は言った。「これからのこと、いろいろ相談しようよ」

「おれのこと、みんな捜しに出たのかな？」

「もちろん。沿岸警備隊や飛行機まで」

「海は広いし、あんなに小さな舟とあっちゃ、探すのに難儀しただろうよ」言いながらも、自分や海を相手に一人でぶつぶつしゃべるよりは、こうして話し相手がいるほうがどんなに楽しいか、老人は思い知らされていた。「おまえにいてほしかったぞ。で、どれだけとったんだ？」

「最初の日に一匹、二日目も一匹。三日目には二匹」

「立派なもんだ」

「また一緒に漁に出ようよ」

「いや。おれには運がない。運には見放されちまったからな」

「運なんてくそくらえだよ。ぼくが運を持っていくから」

「おまえの親は何て言うかな？」

「そんなの、かまうもんか。ぼくは昨日、二匹とったんだから。でも、また一緒に漁に出ようよ。もっともっと、教えてもらいたいんだ」

「まずは、仕留めるためのいい銛(もり)を手に入れんとな。それをいつも舟にのせておくんだ。穂先はおんぼろフォードの板バネを使えば何とかなる。グアナバコアの町にいきゃ、研いでくれる店がある。切っ先が鋭くなくちゃいかんが、焼きを入れすぎるのもいかん、折れちまうから。おれのナイフは折れちまったよ」

「じゃあ、別のナイフを手に入れて、バネも研いでもらうよ。この強い風(ブリサ)だけど、あとどれくらいつづくかな?」

「おそらく三日、あるいはもっとか」

「準備はぼくが全部やっとくから」少年は言った。「おじいさんは手を治しといて」

「大丈夫だ、治し方は心得てる。それより、夜中に妙なものを吐きだしてな。胸の奥がこう、裂けたような気がしたよ」

「それも治さなくちゃ。ねえ、横になっててよ、おじいさん。きれいなシャツを持ってきてあげるから。それと、何か食べるものも」

「留守中の新聞を、どれでもいいから持ってきてくれんかな」

「早く治ってくれないと困るんだ。教わりたいことがたくさんあるし、おじいさんは何でも教えてくれるんだから。ねえ、どれくらい苦しいことがあったの?」

「いろいろとな」

「食べ物を持ってきてあげるよ。新聞も。たっぷり休んで、おじいさん。ぼく、薬局に寄って、手を治す薬ももらってくるから」

「魚の頭はやるからと、ペドリコに言うのを忘れんでくれ」

「うん。忘れるもんか」

戸口を出て、擦り減った珊瑚岩(さんごいわ)の道を歩きながら、少年はまた泣いていた。

その日の午後、観光客の一団が〈テラス〉でくつろいで、海を見下ろしていた。すると、ビールの空き缶やカマスの死体が浮くなかに、大きな尻尾のついた白くて長い巨大な背骨が浮き沈みしているのに、一人の女性が目を留めた。湾口の外では東の風がどっしりとした海を波立てており、つられて白い背骨も揺れていたのだ。

「あれはなあに?」女は給仕に訊いて、いまは潮に流されるのを待つ屑(くず)と化した、大魚の長い背骨を指さした。

「ティブロン」と給仕は答えた。「いえ、サメが」と英語で言い直したのは、何があったのか、説明するつもりだったのだ。

「知らなかったわ、サメにはあんなに立派な美しい尻尾があったなんて」

「おれもだよ」つれの男が言った。

道の先の小屋では、老人がまた眠り込んでいた。うつ伏せになったままの老人を、少年がそばにすわって見守っていた。老人はライオンの夢を見ていた。

解説

高見浩

1

漁師は老いていた、と最初の一行を書きはじめたとき、ヘミングウェイ自身は、〝老い〟の徴候こそあれ、まだ〝老い〟に搦(から)めとられてはいなかった。それどころか、このとき五十一歳だった作家はまたも恋に落ちていたのである。

〝いちばん筆が進むのは恋をしているときだな〟と日頃豪語していたとおり、「老人と海」の執筆ペースはかなり速かった。一九五〇年のクリスマス前後から書きだして、翌年二月中旬にはほぼ完成していたと見られている。約六週間で仕上がったわけだが、実はその間、ヘミングウェイが執筆にいそしむキューバの居宅、フィンカ・ビヒア（望楼園）のゲスト・ハウスには、ちょうど二十(はたち)の、ある魅力的なイタリアの旧家の娘が滞在していたのだ。
その娘アドリアーナ・イヴァンチッチとヘミングウェイが知り合ったのは、二年前の一九四八年、メアリー夫人を伴って北イタリアに旅したときのこと。その際、彼はフォッサルタ――はるか昔、十八歳のとき第一次世界大戦に参加して重傷を負った地――に妻を案内し、懐旧の情にしばしひたってからヴェネツィアに向かった。この古都に近い礁湖(ラグーン)で、鴨(かも)狩りを楽しむためだった。その折り、アドリアーナと出会ったのである。典雅な顔立ちの初々(ういうい)しい黒髪の娘をひと目見たとたん、〝雷に打たれたようなショックを受けた〟と、ヘミングウェイ自身、後に語っている。文字通りの一目惚(ひとめぼ)れだったのだろう。

その後、ヴェネツィアでの会食、頻繁な文通等さまざまな手段を通じて、作家はアドリアーナとの仲を深めていった。アドリアーナにとって、三十一も歳(とし)の離れたヘミングウェイは、あくまでも〝優しい高名な小説家のおじさま〟にすぎなかったようだが、ヘミングウェイのほうはメアリー夫人のことも忘れて、一時本気で結婚を考えるほどのめり込んでゆく。その思いは彼の創作意欲にも火をつけ、「誰がために鐘は鳴る」以来十年ぶりの長編「河を渡って木立の中へ」(一九五〇)を書き上げる原動力ともなった。作中のヒロイン、レナータのモデルはアドリアーナだった。彼女は文字通り、老境に入ろうとする作家ヘミングウェイの活力を甦(よみがえ)らせる〝美神(ミューズ)〟となったのである。

　メアリー夫人の嘆きをよそに、ヘミングウェイの思いはその後もつのる一方で、とうとう知り合って二年後にはアドリアーナとその母親をキューバの自宅に招待するに至ったのだった。

　母と娘がフィンカ・ビヒアに到着したのは、一九五〇年十月二十八日。そのときヘミングウェイを駆り立てていたのは、かねてからの創作上の宿願に一定のめどをつけたいという思いだった。それは当初、〝海と陸と空〟の三部作から成る大河小説という壮大な構想だったのだが、このときまでに〝陸〟と〝空〟の部は断念し、残る〝海〟の部、〝シー・ブック（sea book）〟だけは完成させたいと心に期していた。

　果たして、アドリアーナの来訪はヘミングウェイの筆に大きな弾みをつけた。彼はまず、それまでも断続的に書き継いでいた〝シー・ブック〟中の〝不在の海〟と呼んでいたパート（彼の死後、「海流のなかの島々」と題されて刊行）をクリスマス前に完成させ、引き続き〝シー・ブック〟の最終章（コーダ）にするつもりでいた〝存在の海〟のパートにとりかかった。腹案は、すでにできていた。

それは、八十四日間も不漁がつづいている、ある不運な老漁師の物語だった。その原型となる実話を、ヘミングウェイはつとに一九三六年四月刊の『エスクァイア』誌に寄せた〝青い海で（On the Blue Water）〟と題するエッセイで紹介していた。

こういうエピソードである——ある日、キューバのカバーニャスから小舟で漁に出た老漁師が、巨大なカジキを引っ掛けたあげく、六十マイルほど東の沖合にまで引っ張られてしまう。二日後に仲間の漁師たちに助けられたとき、小舟のわきにはカジキの頭と前半分しかくくりつけられておらず、サメとの格闘に敗れた老人は惑乱して泣き叫んでいた——。

振り返れば一九二八年、パリからフロリダのキー・ウェストに活動の場を移して以来、ヘミングウェイは海釣りの虜（とりこ）になってきた。一九三四年に、全長約十三メートル、広い船室とキッチンを備えた外洋クルーザー、ピラール号を購入してからは、メキシコ湾流での大物釣りに一段と拍車がかかった。翌一九三五年には、本作にも登場して主人公の老人を苦しめるアオザメの大物（重量三五六・五キロ）をこのクルーザーで釣り上げたりしている。それはリール付きのロッドで釣り上げたアオザメとしては、史上三番目の大きさだったという。メキシコ湾流は、まさしく彼のホームグラウンドと化していたのである。

その海に、老人は独り小舟で乗り出してゆく。ヘミングウェイの筆は躍った。まさにこの年のクリスマス、フィンカ・ビヒアに泊まっていて、そうした父ヘミングウェイの姿を間近に見ていた三男のグレゴリー（当時十九歳）は、後年著したメモワール、「パパ　個人的な回想」の中で、その頃のある日、父がこう吐露したと伝えている――〝おれはいま体中に力がみなぎっていて、眠る必要もないくらいだ。もっとも、眠って、愛らしいアドリアーナの夢を見るのも素晴らしいが。で、目が覚めると一段とパワーが増している。言葉が後から後からあふれ出す。あんまり早く湧き出るので追いつけないくらいだし、その流れを止めたくもない――〟。

2

こうして書き上げられた物語は、十五年前に綴ったエピソードからどう昇華されていたか。

筋立て自体にさほどの変化はない。運に見放された老漁師が、ある日大魚を求めて漁に出る。そして、壮絶な格闘の末に目指す大魚を仕留めるのだが……ほぼ原形通りの筋立てでありながら、しかし、作家の想像力が鋳直して創造の息を吹きこんだ物語には、なんと深い味わいがこめられたことか。

時の移ろいと共に貌を変える生き物のような海の描写にはじまって、漁の手順、掛けた大魚との駆け引き、そしてサメの群れとの凄絶な闘いの推移まで、簡潔ながら精細をきわめたリアルな描写。それこそはメキシコ湾流での漁を知り尽くしたヘミングウェイならではのものだろう。

ここには、ヘミングウェイが磨きあげてきた文体の精髄がある。ヘミングウェイの文体というと、とかく内面描写を排して外面描写に徹したハードボイルドの文体、と一括りにされることが多い。だが、それは主として初期の長・短編に言えることで、出世作「われらの時代」（一九二五）以降、第二短編集「男だけの世界」（一九二七）から第三短編集「勝者に報酬はない」（一九三三）あたりの秀作群を一つの到達点とすると、その後おそらく作家として目指す地平が変わるにつれて、彼の文体もまた――とりわけ長編において――すくなからぬ変容をとげているのである。「持つと持たぬと」（一九三七）では、パリ時代に親交のあったジョイスの影響の一端か、登場人物の長い内的モノローグで意識の流れをたどるシーンまであるし、「誰がために鐘は鳴る」（一九四〇）に至ると、主人公ロバート・ジョーダンの心理描写が截然と目立ってきている。この「老人と海」でも、新たな内面描写の視点が、絶頂期の短編を思わせる歯切れのいい文章に加味されて、独特の境地に達しているのだ。いくたびもくり返されるサンチアゴの主観的な独白が、周囲の状況の冷静な客観描写と無理なく融け合って、単なる〝ハードボイルド〟とは一線を画す、生彩に富んだ、奥行きのある作品世界を生みだしていると言えよう。

一読して、だれもがまず打たれるのは、次々に迫りくる困難に直面しながら、体力と知力の限りを尽くして老人が渡り合うその姿ではないだろうか。

人間は叩きつぶされることはあっても、負けやせん。

その思いを胸に、サンチアゴは執拗に襲いかかるサメの群れと闘いつづける。

その姿はまさしくヘミングウェイが一貫して希求してきた行動規範、いわゆる

〝grace under pressure（困難に直面してもたじろがずに立ち向かう）〟の具現とも言えるだろう。大海原をただ一人飄然とゆく老人の孤影に、ヘミングウェイは原初的な人間の尊厳を刻みたかったのではなかろうか。

老人の闘志の裏にはまた、海と、そこに生きるものに寄せる深い親愛の情が脈打っていることも見逃してはなるまい。邪険なもの、貪欲なものをひっくるめて、老人は海に生きるものすべてを在るがままに受け容れている。無邪気な生き物を見れば、愛情がストレートにほとばしる。大魚を追う途中、二匹のイルカに出会うと、〝憎めんやつらだ。楽しげにじゃれて、惚れ合ってるんだからな〟と思い、洋上を飛んできた小鳥が釣り綱にとまれば、〝なあ、チビ、たっぷり休んでいけ〟と声をかける。

ついに大魚とめぐり合って一対一の闘いが始まると、最初闘志を燃やした相手に対する思いも、しだいに変わってゆく。悠揚迫らぬ巨大な魚への賛嘆の情から、共に海に生きるものとしての共感へ、そのあげく、〝こうなったら、どっちがどっちを殺そうと同じこった〟と、ほとんど大魚と一体化するまでに思いは高まってゆくのだ。老人にとっては、闘うこともまた愛情の発露なのである。そして最後に、海の化身である大魚に銛を打ち込んで、〝おれはやつの心臓にさわったんだ〟と思えたとき、それは老人が海そのものと完全に融け合った瞬間でもあったのだろう。

老人の頭の中で、海は一貫してスペイン語の女性形、〝ラ・マール〟であり、優しくも険しくもなる海を、人間の女性のように、亡き妻のように、愛している。してみればこの物語は、老人と海の壮大なラヴ・ストーリー、大きな意味での自然賛歌とも言えるのではなかろうか。

独り海に漕ぎ出して以来、老人は、自分を慕うマノーリン少年がここにいてくれたなら、という思いを何度も嚙みしめては口にする。そこには若さを失った自覚と詠嘆に加えて、漁の本領、海の奥深さを少年にも伝えたいという願望もこめられていたはずだ。マノーリンのほうも、苦闘の末に生還した老人に向かって、〝また一緒に漁に出ようよ。もっともっと、教えてもらいたいんだ〟とせがんでいる。海を、自然を愛する心は、次の世代にも確実に受け継がれていくことを予感させる幕切れと言えよう。

この完成原稿を最初に通読したのは、メアリー夫人だった。夫が毎日原稿を書き上げるそばから夜ごと目を通していた夫人は、とうとう最終ページまで読み終えたとき、夫に告げたという――〝これならば、あなたがわたしにさんざん加えたひどい仕打ちを、もう全部許してあげてもいいわ〟。

実は、アドリアーナに寄せる恋情を人目も憚らずにおおっぴらにする夫に愛想をつかしていた夫人は、その頃ひそかに夫との離別を決意し、別居後の自分の仕事の斡旋まで、近しい出版人に頼んでいたのである。

夫人の一言に意を強くしたヘミングウェイは、親密な知人や編集者たちに完成したタイプ原稿を見せて反応を探った。すると、〝これほどの作品を寝かせておくのはもったいない〟という声が圧倒的だった。自信を得たヘミングウェイは、当初の予定だった〝シー・ブック〟からこれを切り離し、独立した中編小説「老人と海」として発表することに踏み切ったのだった。

3

その後の展開は、もはや一つの歴史と言っていいだろう。

一九五二年九月、「老人と海」はアメリカの全国誌『ライフ』に全文一挙掲載という前代未聞の形で発表され、五百三十二万部刷った同誌は四十八時間で売り切れたという。時を移さず単行本も、スクリブナーズ社から初版五万部で刊行された。ヘミングウェイの意向で表紙を飾ったのは、他ならぬアドリアーナが、作品の舞台、キューバのコヒマルの漁村を描いたスケッチだった。

刊行後の読書界では、前作「河を渡って木立の中へ」のときとは対照的に、賞讃が相次いだ。これにはヘミングウェイも、おそらく溜飲が下る思いだったにちがいない。

作品に寄せられた諸々の評価は、いろいろな意味で興味深い。それはこの作品の幅と深さを測る物差しでもあるからだ。とりわけ目立ったのは、サンチアゴの姿にキリストの受難の姿を重ねてみる論調だった。たしかに、老人が執拗なサメの襲撃に直面した際に発した声は〝手のひらを釘で板まで打ち貫かれた人間が思わず発する声〟に似ていたという叙述など、磔刑に処せられたキリストを連想させる。その連想に従って読み進むと、三昼夜にわたる苦闘の末、港に帰り着いた老人がマストを背負って坂を登る姿が、十字架を背負って坂を登るキリストの姿に見えてくるのも自然な成り行きかもしれない。

かと思えば、同じ寓話性を汲みとるにしても、そこにキリスト教ではなく、自らの力を過信する傲慢さをいましめた、ギリシャ神話のイカロスの悲劇の影を見る評家もいた。

では、当のヘミングウェイ自身、この作品にそうしたシンボリックな寓話性を見ようとする読み方をどう思っていたか。この物語にこめた作者の思いを知る上でも興味を誘われるところだ。

よく知られた資料がある。ルネッサンス期のイタリア美術の権威で、ヘミングウェイ夫妻とも親交の深かった美術史家、バーナード・ベレンソン宛の手紙(一九五二年九月十三日付)で、作家はこう述懐しているのだ。

で、もう一つの秘密というのはこうです。シンボリズムなどはありません。海は海、老人は老人。少年は少年で、魚は魚。サメはサメ以外の何物でもない。世間で言うシンボリズムなどはゴミです。肝心なのは、自分がものを知り尽くした先に何が見えてくるか。作家は過分なほどに対象を熟知しているべきなのです。

自負と韜晦のない混ざったコメントだが、読者としてはこれをどう受け止めればいいのか？ ヘミングウェイの作家デビュー以来、彼の革新性をいち早く認めていた評論家マルカム・カウリーが、「老人と海」を一読後ヘミングウェイにあてた手紙（一九五二年八月三日付）の一節が、多くを示唆しているように思われる。

もし、一つのキャラクターがリアリティをもって描かれているのでなければ、それはシンボルたりえない、もしある作品がストーリーを語っているのでなければ、それは神話たりえない——中略——だからきみ（＊ヘミングウェイ）はわれわれに一つのキャラクターと一つのストーリーを与えている。そして読者は、キャラクターとストーリーの中で、それらが自分に示唆するシンボリックな、あるいは神話的な特質を読みとればいいのだ。（「ヘミングウェイ　キューバの日々」宮下嶺夫訳）

この点に関連して注目すべきは、かねてからヘミングウェイを〝文学的な冒険をしない臆病な作家〟と評して批判的だった同時代作家の雄フォークナーが、南部ヴァージニアのワシントン・アンド・リー大学の文芸誌『シェナンドア』（一九五二年秋号）に、次のような、含みのある書評を寄せていることだろう。全文を記しておく。

彼の最高傑作(ベスト)。われわれ、つまり彼や私の同時代人の著したどの作品にも優(まさ)る作品であることを、いずれ時の経過が示すかもしれない。この作品で、彼は神を、創造主を発見した。従来の彼の作品では、男も女も自らを作り上げ、自らの粘土で自らを形作った。その勝利と敗北は彼らの手中にあり、彼ら自身に、あるいはお互いに対して、自らがいかにタフかを証してきた。

しかし、この作品で、彼は憐(あわ)れみについて書いた。彼ら自身をどこかで作り上げている何者かについて書いた。魚を捕らえても失わなければならぬ老人。捕らえられてから失われなければならぬ魚。老人から魚をかすめ取らなければならぬサメ。彼らすべてを造り、愛し、憐れんでいる存在。いいだろう。何を造ろうとも愛し、憐れみ、ヘミングウェイと私をしてこれ以上の介在を避けせしめてきた存在、神を讃えよ。

彼の〝最高傑作(ベスト)〟かどうかは別として、「響きと怒り」や「アブサロム・アブサロム」で知られるフォークナーには、「老人と海」とテーマ的に似た作柄の「熊」(一九四二)という中編もある。主人公の少年と、彼が慕う原住民の血を引く黒人の老人が、大自然に宿る〝万物の命〟を絆(きずな)に結ばれる姿をそこで描いたフォークナーは、「老人と海」にも同じような主題の親近性を読みとったのだろうか。

フォークナーを終生ライヴァル視していたヘミングウェイが、もしこの書評を読んでいたらどういう思いを抱いたか、想像してみるのも面白い。

もちろん、「老人と海」に寄せられたのは肯定的な賛辞ばかりではなかった。この作品の懐(ふところ)の深さを知る意味でも、時がたつにつれて増えてきたネガティヴな評についても簡単に触れておこう。

その最たるものは、前作「河を渡って木立の中へ」と同じく、主人公にヘミングウェイその人を重ねる論じ方のようだ。その見方によれば、サンチアゴは作家のヘミングウェイ、大魚はヘミングウェイの希求する文学の頂点、サメはその文学的な営みを酷評する批評家たち、ということになる。そういうサメどもの攻撃にもめげずに自分は文学の高みを目指すと、ヘミングウェイはこの作品でセンチメンタルに謳い上げている——そうネガティヴな論者たちは見るわけである。その端的な論旨は、評論家ハロルド・ブルームの評言、〝この作品にわれわれが見るのは、海という鏡にわが身を映しているナルシスト、ヘミングウェイの姿である〟という一言に集約されようか。

あらゆる作家は、しかし、本質においてナルシストのはずなのだが——。

4

敢えて、その後のヘミングウェイの人生を振り返っておく。

「老人と海」はヘミングウェイにピューリッツァー賞（一九五三年）とノーベル文学賞（一九五四年）をもたらした。後者の賞の授賞式には——後述する飛行機事故による体調不良を理由に——欠席したヘミングウェイだったが、代読してもらうスピーチの草稿を練る際は、二十二歳でパリに渡って厳しい文学修業に明け暮れた日々も甦り、深い感慨と達成感を覚えたことだろう。だが、この瞬間が彼の文学的な栄光を刻んだ一つの頂点だったとすると、その後の七年間の晩年は、精神的にも肉体的にも、文字通り〝老い〟に搦めとられていった歳月だったと言えるようだ。

その直接的なきっかけとなったのは、一九五三年から五四年にかけて敢行したアフリカのサファリ旅行ではなかったか。狩りもほぼ終了した一九五四年一月二十三日から二十四日にかけての二日間に、ヘミングウェイ夫妻は一度ならず二度にわたって、搭乗していた飛行機の事故に見舞われてしまったのである。最初は乗っていたセスナ機が電線に引っかかって墜落。二度目は、翌日、別の地点で乗り込んだ中型機が離陸すべく滑走中に炎上。夫妻は九死に一生を得たものの、ヘミングウェイが受けたダメージは大きかった。ひどい脳震盪に加えて、左目の視力と左耳の聴力を失い、腎臓、脾臓、肝臓の一部破裂、肛門括約筋の麻痺、顔、腕、頭部に軽度の火傷、そして頸椎の損傷まで負ったという。

このうち、とりわけ脳への打撃が、青壮年期から目立った躁鬱症に加えて、後年、幻覚や妄想症状をもたらす遠因の一つとなったのは否定できまい。その後ヘミングウェイは、旺盛な執筆活動の後に、より長い鬱に沈み込んでゆく、いわば負のスパイラルに徐々に呑み込まれてゆく。そこには、あのかけがえのない〝美神〟アドリアーナが、一九五六年にギリシャ人の資産家と結婚し、それを境に遠ざかっていった影響もすくなからずあっただろう。

ちょうどその頃、「老人と海」のハリウッドによる映画化の話が具体化し、ヘミングウェイも当初熱心に撮影に協力した。一九五六年四月にはピラール号に撮影スタッフを乗せ、自ら操縦してペルー沖に大魚を求めたりしている。が、これはというカジキにはついに出会えず、結局、映画（スペンサー・トレイシー主演、当初のフレッド・ジンネマンからジョン・スタージェス監督に交代）ではゴム製の電動模型の大魚（！）が使われることになった。そんなことも作家の鬱屈に輪をかけたのではなかろうか。

そういう流れのなか、一九五七年から八年にかけて、彼の死後「移動祝祭日」として発表されることになる、パリ時代のノスタルジックなメモワールをほぼ書き上げることができたのは――ヘミングウェイを愛する読者たちにとっても――大きな救いだったように思われる。

一九五九年にはスペインに渡り、オルドニエスとドミンギンという当代の二大闘牛士が直接技を競い合う闘牛シリーズを、六月から九月にかけてスペイン各地をまわりながら観戦している。その観戦記は「危険な夏」として『ライフ』誌に掲載することになっていた。が、最初の契約では三万語のノン・フィクションにまとめるはずの原稿が、書きはじめると十万語を優にオーヴァーしてしまった。格別に痛ましいと思うのは、そのときのヘミングウェイにはもはや自力でそれを圧縮する力が残っておらず、親しい編集プロデューサー、A・E・ホッチナーの力を借りて、どうにか七万語にまで縮めることができたと伝えられていることだ。

この頃、ヘミングウェイの精神的、肉体的な衰えは、ほぼ限界にまで達していたらしい。当時、彼は高血圧、不眠症、神経障害、肝臓疾患、視力障害、慢性疲労等の薬に加えて、メチルテストステロンというホルモン剤も常用しており、それが長年の過度の飲酒と相まって、ほぼ日常的な躁鬱状態や妄想をもたらしていた、とマイケル・レノルズによる伝記「Hemingway : the Final Years」にはある。

そしてついに一九六〇年一一月、それ以上の悪化を食い止めるために、メアリー夫人や親しい医師の手配で精神疾患の高度医療で知られるミネソタ州のセント・メアリー病院に入院。そこで数次の電気ショック療法を受けるも病状は回復せず、翌一九六一年七月二日、もはやライオンの夢も見なくなっていたであろうヘミングウェイは、愛用のショットガンで、波乱に満ちた六十一年の人生に自ら終止符を打ったのだった——。

こうして、ヘミングウェイの晩年を概観してみると、「老人と海」という作品はなおさらに、いっそうの輝きを帯びてくる。それは、〝one true sentence〟の彫琢を目指して文学のデモンと闘いつづけた作家の生涯を飾る、落日前の最後の夕映えだったのではなかろうか。太古からの自然の秩序が至るところで踏みにじられようとしているいま、このシンプルな物語の語りかけてくるものは、深く、またみずみずしい。その煌めきは、海と、そこに連なる生きとし生けるものが在りつづける限り、今後も永く色褪せることはあるまい。

翻訳ノート

「老人と海」が世に出てから、すでに長い歳月がたっている。ヘミングウェイは当たり前のように書いていたことでも、いま本書を手にとる読者にとっては、すんなり呑(の)み込めない箇所があっても不思議ではない。そういう語句やフレーズは、主としてスペイン語のスラングや野球関連に多いようだ。なかには、その意味のとり方次第で作品そのものの理解を左右しかねない箇所もある。

野球は、海釣り、ハンティング、闘牛、ボクシング等と並んで、ヘミングウェイが終生愛したスポーツだった。この作品でも、その愛着ぶりは随所に顔を出している。老人とマノーリン少年は、毎日のようにメジャー・リーグの試合結果を確かめ合う。大魚やサメとの闘いを通じて、老人はヤンキースの名外野手、ディマジオの活躍に思いを馳(は)せては闘志を奮い起こす。野球への愛着はこの作品の底流ともなって終始息づいていると言っていい。

老人やマノーリン少年並みに、とはいかないまでも当時のキューバやアメリカの野球事情をある程度把握できれば、また老人が漕ぎだす海の実態にすこしでも通じていれば、この作品独特の細かなニュアンスをよりいっそう理解できるし、また楽しめるはず。そうした観点から、気になった要所をチェックしておくことにしよう。

七頁　サラオ　salao

サラオとはスペイン語で〝不運のどん底〟を意味する、と本文にはあるが、標準のスペイン語の辞典に salao はのっていない。が、salado はある。〝塩辛い、しょっぱい〟という意味の他に、〝不運な、運の悪い〟という意味も含んでいる。この salado の発音がなまった結果、ラテン・アメリカ、なかんずくキューバにおいては、salao でも通っていると見ていいようだ。

一六頁　あの名手ディマジオがついてるんだぞ　Think of the great DiMaggio

ジョー・ディマジオ（一九一四―一九九九）。本書の主人公である老人の、心の支えとも励みともなっているディマジオ。彼は当時のヤンキースの代名詞と呼ぶにふさわしい、文字通りのスーパー・スターだった。老人の言葉にもあるとおり、シチリアからの貧しい移民である漁師を父として生まれた。右投げ右打ちの外野手で、ヤンキースには、一九三六年から一九四二年、及び、一九四六年から一九五一年の二期にわたって在籍。無類のスラッガーで、一九四一年には、メジャー・リーグで現在に至るも破られていない、五六試合連続安打の大記録を達成している。生涯に首位打者二回、本塁打王二回、MVP三回の栄誉に輝いた。私生活では、一九五四年一月に、「お熱いのがお好き」で知られる映画女優マリリン・モンローと結婚し、翌二月に新婚旅行を兼ねて日本を訪れてもいる。この結婚は破局に終わるのだが、ディマジオは終生モンローを愛しつづけたと言われる。事実、彼はその後生涯、独身を貫いたのだった。

一六頁　別のリーグのシンシナティ・レッズやびりっけつのシカゴ・ホワイトソックスまで　even the Reds of Cincinnati and the White Sox of Chicago

老人とマノーリンの野球談議などから、この作品で語られているのは一九五〇年の九月の出来事と推定される。二人はここで、ヤンキースが所属するアメリカン・リーグのペナント争いについて言い合っているのだが、シンシナティ・レッズはアメリカン・リーグではなく、別のナショナル・リーグ所属の球団。一方ホワイトソックスはアメリカン・リーグの老舗(しにせ)球団ながら、一九二〇年代以降優勝に見放されて、低迷がつづいていた。二人が話し合っている九月現在もリーグ六位で、最終的には首位から三十八ゲームも引き離されてシーズンを終えたほど。それで老人は、おまえがそんなに心配性だと、別のリーグのレッズや、びりっけつのホワイトソックスまで心配だということになっちまうぞ、とマノーリンをからかっているのだ。

二一頁　あのディマジオ、もうすっかり本調子なんだぞ　The great DiMaggio is himself again

ディマジオは一九四八年に右足の踵(かかと)の手術を受け、翌一九四九年のシーズンには二か月ほど出遅れた。が、六月に実戦に復帰してからの活躍はめざましく、とりわけ宿敵レッドソックス戦では好成績を残した。終わってみれば、この年も打率三割四分六厘を記録している。老人とマノーリンが語り合っている一九五〇年は、シーズン当初から出場し、ほぼ例年並みの成績で推移していた。老人の自慢しているとおり、彼は〝すっかり本調子〟にもどっていたのである。

二一頁　以前、冬のリーグの最中、古い球場ですごい当たりを those great drives in the old park

キューバでは、一八七八年にプロ野球リーグが誕生し、一九六一年、革命後のキューバ政府の指示でアマチュア・リーグに改編されるまで存続した。主として冬期がレギュラー・シーズンだったため、キューバン・ウィンター・リーグ、〝冬のリーグ〟とも呼ばれていた。当時はアメリカのメジャー・リーグとも交流があって、シーズン・オフを利用して参加するメジャー・リーガーもすくなくなかったのである。セイバ地区にあるトロピカル・スタジアムが、長らくそのメイン球場だったのだが、一九四六年、メジャー・リーグ級の施設を備えた球場、〝ハバナ・グラン・スタジアム〟が新設されると、そちらのほうに主役の座を譲った。そのため、マノーリンや老人のようなファンのあいだで、それ以降このスタジアムは〝古い球場〟と呼ばれていたのだろう。

二一頁　いままで見たなかでも、いちばん大きい当たりだったよ　He hits the

longest ball I have ever seen

ディック・シスラーは、セントルイス・カージナルスでメジャー・リーグ・デビューを果たす前年、一九四五年十二月から三か月にわたって、キューバのウィンター・リーグでプレイした。〝古い球場〟トロピカル・スタジアムでプレイした最初のゲームでは、ホームランを二本かっ飛ばす。そのうち一本はこの球場初の場外ホームランで、飛距離一五〇メートルは越えていたという。マノーリンが見たなかでも〝いちばん大きい当たり〟だったのはたしかだろう。翌日のゲームでもホームラン三本を記録し、一躍〝キューバのベーブルース〟と讃えられて、大人気者になった。キューバ政府からも、名誉の金メダルを授与されたほどだから、マノーリンが鮮明に覚えているのも不思議ではない。

二二頁　シスラーのおやじさんは貧乏じゃなかったね。シスラーがぼくぐらいの歳だった頃は、大リーグでプレイしてたんだから　The great Sisler's father was never poor and he, the father was playing in the big leagues when he was my age

ヘミングウェイの研究家やファンを長らく悩ませてきたいわくつきの箇所である。

原文の、when he was my age の he を、ディック・シスラーの父親、ジョージ・シスラーととるか、あるいは息子のディック・シスラーととるかで、本文では明記されていないマノーリンの年齢がほぼ限定されてくるからだ。ディックよりもはるかに偉大なメジャー・リーガーだった父ジョージ・シスラーは、一八九三年生まれで一九一五年にメジャー・リーグ入りし、一九三〇年に引退している。息子のディック・シスラーは一九二〇年生まれである。訳者は問題の he を息子のシスラーととって、表記のように訳している。この場合は、父親のシスラーがメジャー・リーガーであり得た最高リミットが一九三〇年だったわけだから、息子のディックの生年一九二〇をそこから引いて、マノーリンは最高に見積もっても一〇歳以上ではあり得ないことになる。一方、この he を父親のシスラーととると、訳文は〝シスラーのおやじさんは貧乏じゃなかったね。ぼくぐらいの歳だった頃は大リーガーだったんだから〟となる。父シスラーがメジャー・リーガーになったのは二十二歳のときだったわけだから、マノーリンはいちばん若く見積もっても二十二歳ということになるのだ。

マノーリンは二十二歳なのか、十歳以下なのか？　この作品を虚心に読めば、マノーリンの言動、心理状態、親子関係、老人との会話等から、まず二十二歳の青年とは思えない。ヘミングウェイはやはり、問題の he を息子のほうのシスラーのつもりで書いたのだろうと見る。その際もヘミングウェイは、マノーリンを、正確に、十歳以下の少年、と意識していたわけではなく、だいたい十歳前後から十三、四歳ぐらいのつもりだったのではないだろうか。一九五八年公開の映画「老人と海」は、ヘミングウェイがその脚本を十分吟味した末、最終的にゴー・サインを出した作品だが、マノーリンを演じたフェリペ・パソスは当時十一歳の少年だった。けれども、ヘミングウェイはその子役が気に入らなかったという説をもって、マノーリンは少年ではないという説の有力な傍証とする見方もある。この映画の脚本を書いたのは、長年ヘミングウェイと家族ぐるみの付き合いをし、ヘミングウェイを畏敬していた脚本家ピーター・ヴァーテルだが、彼はその回想録で、ヘミングウェイはその子役が〝オタマジャクシとアニタ・ルースを掛け合わせたようで気に入らん〟と言っていたと明記している。アニタ・ルースとは、当時人気のあった女流小説家兼映画脚本家である。つまり、ヘミングウェイは子役の年齢が気に入らなかったのではなく、その顔立ちが気に食わなかったのだと見ていいと思う（たしかに、映画に登場するマノーリンは、いまに残るアニタ・ルースの顔写真にちょっと似ている気がする)。この作品にちりばめられたさまざまな要素を勘案して、訳者自身はマノーリンを十三、四歳くらいの少年と見立てて訳したことを記しておく。十四歳くらいと見れば、老人がマノーリンに向かって、〝おれがおまえくらいの歳には、ひらの水夫をやってたんだ〟と語っているくだりも、そう不自然には聞こえまい。

二二頁　ジョン・J・マッグローの話をしてよ　Tell me about the great John J. McGraw

ジョン・J・マッグロー(一八七三―一九三四)。メジャー・リーガーの現役時代は名三塁手として鳴らしたが、引退後ニューヨーク・ジャイアンツの監督を終身(一九〇二―一九三二)つとめたことで有名。監督としてあげた二千七百六十三勝はメジャー・リーグ歴代二位。彼はまたハバナのオリエンタル・パーク競馬場の共同オーナーでもあった。〝競馬にも目がなくて、ポケットにはいつも出馬表が入ってるのさ。しょっちゅう電話で馬の名前をまくしたてていた〟と老人が回想しているのもうなずけよう。

二三頁　もしドローチャーなんかが毎年キューバにきていたら　If Durocher had continued to come here each year

レオ・ドローチャー（一九〇五―一九九一）。現役時代は主としてヤンキース、レッズ、ドジャース等で内野手として活躍。引退後はドジャース、ジャイアンツ、カブス等の監督を歴任。一九四〇年代末、黒人選手のメジャー・リーグ入りが議論を巻き起こしたときは、積極的な賛成派にまわった。監督としての生涯勝利数は二〇〇八勝。

二三頁　ルケ？　それともマイク・ゴンサレス？　Luque or Mike Gonzalez?

アドルフォ・ルケ（一八九〇―一九五七）、マイク・ゴンサレス（一八九〇―一九七七）、共にメジャー・リーグでプレイしたキューバ人野球選手たちのパイオニア的存在。ルケはピッチャーとして主にシンシナティ・レッズで活躍し、ゴンサレスはキャッチャーとして主にセントルイス・カージナルスで活躍した。二人共、現役引退後はメキシコやキューバのプロチームの監督として実績を残している。ここでマノーリンがマッグローやドローチャーに伍する監督として二人の名前をあげたのは、同じキューバ人として誇るべき存在だったからだろう。

二九頁　海底がいきなり七百尋も深く落ち込んでいる　there was a sudden deep of seven hundred fathoms

〝尋〟は長さや水深を表す単位。水深を表す場合は、六尺（一・八一八メートル）ないし六フィート（一・八二八メートル）。約一・八二メートルとして計算すると、ここでは海底がいきなり一二七四メートルも落ち込んでいることになる。

三六頁　日に灼けて黄ばんだ海藻ホンダワラ　sun-bleached Sargasso weed

この作品の舞台メキシコ湾流もその一端であるサルガッソー海で、多く繁殖している浮遊性の海藻サルガッスム。日本近海で古来から見られるものはホンダワラと呼ばれている。密生して繁茂すると絨毯のように大きくなって海上を漂流する。本書でも、〝浮き島のように集まった流れ藻のホンダワラ〟がのったりと揺れているさまは、〝まるで黄色い毛布の下で海が何ものかと情交しているかのよう〟と巧みに描写されている。卵型の気泡をたくさんつけ、実はトビウオやシイラ等多くの魚が隠れ場として利用する。本書でも、ホンダワラが老人の目に入るとシイラやトビウオが見つかるように描かれているのは、ヘミングウェイの長年の漁体験があってこその、現実を踏まえたリアルな描写と言っていいだろう。

四六頁　舟はゆるやかに北西の方角に動きはじめている　The boat began to move slowly off toward the north-west

　老人が小舟で乗り入れたメキシコ湾流（Gulf Stream）は、キューバ沖では東に向かって流れている。だから何事もなければ、舟は東に漂っていく。それが、逆の北西に動きはじめたということは、この大魚が潮流に逆らって北西に向かっていることを意味する。従って、老人も後で反芻する通り、舟が北西に曳かれている限りは大魚がまだ元気旺盛な証拠、舟が東に流されはじめれば大魚が弱ってきた証拠。大前提としてこの関係を押さえておくと、老人と大魚の格闘の推移も頭に入りやすい。

七一頁　なにしろあの男は、踵の骨棘の痛みにもめげずに、打っても守っても完璧にやってのけるんだから　who does all things perfectly even with the pain of the

bone spur in his heel

一九四九年のシーズン、ディマジオは、前年に受けた右の踵の手術の結果が思わしくなく、二か月ほど出遅れて、六月末のレッドソックス戦でようやく実戦に復帰できた。すると、足の痛みがまだ残っていたにもかかわらず、超人的な活躍をしてみせたのである。外野のセンターの守備を難なくこなしたばかりか、打っては三試合で四ホーマーとシングル・ヒット三本を記録し、宿敵レッドソックス戦三連勝の立役者となった。それは、危機に瀕(ひん)した老人が、まさしく心の支えとするに十分な活躍だったと言えるだろう。

一〇三頁　次いでマストを立て……継ぎはぎだらけの帆を張った。舟は走りはじめた。Then he stepped the mast and…… the patched sail drew, the boat began to move

大魚との格闘を終えた老人は帰り支度にとりかかる。そのとき頼りになるのが貿易風だ。貿易風はメキシコ湾流とは逆に、東から西に向かって吹く。それまでメキシコ湾流に乗って東に流されていた老人は、そこで反転し、こんどは西に向かって吹く貿易風を帆に受けて、南西の方角の母港をめざすわけである。

一〇七頁　デントゥーソめ　*Dentuso*, he thought

本文で説明されているとおりアオザメの異称。スペイン語の動詞 dentar（歯車などにギザギザの歯をつける）から派生した dentudo（歯の大きな人や動物）がなまった形か。キューバでは dientuso とも呼ばれて郵便切手の図案にも取り入れられている。

一一三頁　ガラーノめ　*Galanos*

作中、〝平たいシャベル鼻のサメ〟とも形容されているため、シャベルノーズ・シャーク（サカタザメ、ないしカグラザメ）ととられかねないが、それとはちがうようだ。カリブ海地域のスペイン語圏では、galano とは単に〝斑点(はんてん)のある、まだらな皮膚〟をさすという。この物語の舞台、キューバのコヒマル村で galano というと、オオメジロザメをさすという説もある。だが、オオメジロザメは老人が漕ぎ入れたような相当沖合の海では見つからないらしく、また、〝先端が白い幅広の胸びれ〟、〝腐肉もあさる〟、〝水中の人間まで襲う〟といった、本文中に記された他の特徴や習性とも合致しない。あるアメリカの遠洋漁業の専門家は、oceanic whitetip shark（ヨゴレザメ）と見立てたという説を、ヘミングウェイ研究家のスーザン・F・ビーゲルが紹介している。ヨゴレザメは上記の三つの特徴をすべて備えているので、信憑（しんぴょう）性が高いのではあるまいか。

*** *** ***

本書の翻訳にあたっては、旧新潮文庫版の「老人と海」（福田恆存訳）をはじめとして、光文社古典新訳文庫版（小川高義訳）、ヘミングウェイ釣文学全集版（谷阿休訳）、青空文庫版（石波杏訳）、並びにGREEN PLAZA研究所版（吉田愛一郎訳）の各「老人と海」を参考にさせていただいた。それぞれの訳者の方々の労を多とし、深い謝意を表させていただく。

また本書の翻訳に加え、解説と翻訳ノートを記すうえで、次の各書に教えられるところもすくなくなかった。併せて謝意を表したい。

Hemingway : The Writer as Artist　by Carlos Baker

Ernest Hemingway Selected Letters edited by Carlos Baker
Hemingway : the Final Years by Michael Reynolds
Hemingway's Debt To Baseball In The Old Man and the Sea edited by C.Harold Hurley
Hemingway's Boat by Paul Hendrickson
Autumn in Venice by Andrea di Robilant
Papa : a Personal Memoir by Gregory H. Hemingway
Dangerous Friends by Peter Viertel
『ヘミングウェイ キューバの日々』ノルベルト・フエンテス著　宮下嶺夫訳
『ヘミングウェイと老い』高野泰志編
『アーネスト・ヘミングウェイ　21世紀から読む作家の地平』日本ヘミングウェイ協会編

最後に、カジキの大物釣りの実際について、貴重なご教示を多々たまわった練達の釣り師、尾上徹夫氏（ＫＯＬＫ黒潮塾主宰）に心からの謝意を表したい。

（二〇二〇年四月）

年譜――ヘミングウェイの生涯とその時代

一八九九年　七月二十一日、イリノイ州オークパークで、父クラレンスと母グレイスの長男として誕生。父はナチュラリストの外科医、母は声楽の素養のある芸術家肌の女性だった。

ヘミングウェイと同じくノーベル文学賞受賞後自殺している川端康成も、やはりこの年に生まれている。また、この年トルストイが「復活」を、ジョセフ・コンラッドが「闇の奥」を発表している。

一九一三年　オークパーク・ハイスクールに入学。

一九一四年　**七月、第一次世界大戦勃発。アメリカはまだ参戦せず。**

この年、ジェイムズ・ジョイスの「ダブリン市民」が刊行され、カフカが「審判」を執筆している。

一九一五年　北ミシガンのワルーン湖畔で、禁猟対象のオオアオサギを撃ち、逃亡。罰金十五ドルを払って許される。幼時から休暇をこの別荘ですごしたヘミングウェイは、ここで父から釣りや狩猟の手ほどきを受け、アウトドア・ライフに親しむようになった。ハイスクールではフットボール部に所属。学校新聞

一九一六年　『トラピーズ』にも記事を書く。ハイスクールの文芸誌『タビュラ』に、初の短編小説「マニトウの審判」を発表。

この年、森鷗外が「高瀬舟」を発表している。

一九一七年　**四月、アメリカ、第一次世界大戦に参戦。**十月、ハイスクール卒業後キャンザス・シティに移り、『キャンザス・シティ・スター』紙の見習い記者となる。**十月、ロシア十月革命。**

この年、夏目漱石の「明暗」が刊行されている。

一九一八年　春、イタリア戦線の救急車要員となるべく、アメリカ赤十字社に登録。七月八日、北イタリアのフォッサルタの前線でオーストリア軍の迫撃砲弾の破片を浴び、重傷を負う。ミラノの赤十字病院で療養中、七歳年上の看護師、アグネス・フォン・クロウスキーと恋に落ちる。この体験が短編「ごく短い物語」、長編「武器よさらば」のベースになった。**春から翌年にかけて、スペイン風邪、世界的に大流行。十一月、第一次世界大戦終結。**

一九一九年　一月、アメリカに帰国。夏から秋にかけて何編かの習作短編を書く。

この年、シャーウッド・アンダースンの「ワインズバーグ・オハイオ」、アンドレ・ジッドの「田園交響楽」、サマセット・モームの「月と六ペンス」等が刊行されている。

一九二〇年　一月、カナダのトロントに移り、『トロント・デイリー・スター』紙のフリー記者となる。十月、シカゴに移り、シャーウッド・アンダースンや詩人のカール・サンドバーグと親交をむすぶ。同じ頃、八歳年上の女性ハドリー・リチャードスンと出会う。

この年、スコット・フィッツジェラルドの「楽園のこちら側」、D・H・ロレンスの「恋する女たち」、アガサ・クリスティーの「スタイルズ荘の怪事件」等が刊行されている。

一九二一年　九月、ハドリーと結婚。十二月、アンダースンの奨めで、新しい芸術の気運のみなぎるパリに、ハドリーと共に移住。

一九二二年　一月、セーヌ左岸のアパートメントにハドリーと住み着く。三月、アンダースンに書いてもらった紹介状を頼りに、前衛作家のガートルード・スタインや詩人のエズラ・パウンドを訪ねて師事する。九月、ギリシャ・トルコ戦争を取材。**十月、イタリアでムッソリーニが首相に就任。**十二月、リヨン駅で、初期草稿入りスーツケースをハドリーが盗まれる。

この年、ジョイスの「ユリシーズ」、T・S・エリオットの「荒地」が刊行され、魯迅が「阿Q正伝」を発表している。

一九二三年　六月、初めてスペインに旅して、闘牛に魅了される。八月、初の作品集

「三つの短編と十の詩」刊行。九月、日本で関東大震災。いったんアメリカに帰国し、十月、トロントで長男ジョン誕生。十二月、『トロント・デイリー・スター』紙の記者を辞す。

一九二四年　一月、親子三人でパリにもどり、モンパルナスで借家暮らしを始める。以後、創作に専念し、九月ごろにかけて次々に短編の秀作を執筆。四月には短いスケッチ集「ワレラノ時代（in our time）」刊行。この年、アンドレ・ブルトンが「シュルレアリスム宣言」を発表し、トーマス・マンの「魔の山」が刊行されている。

一九二五年　三月、『ヴォーグ』誌の記者、ポーリーン・ファイファーと知り合う。四月、フィッツジェラルドと出会い、親交をむすぶ。六月、ハドリーや、後に「日はまた昇る」の登場人物のモデルとなる友人たちとスペインに旅し、パンプローナのサン・フェルミンの祭りに興じる。七月、二十六歳の誕生日に「日はまた昇る」を書きはじめる。十月、本格的な初の短編集「われらの時代（In Our Time）」、ニューヨークで刊行。この年、ヴァージニア・ウルフの「ダロウェイ夫人」、フィッツジェラルドの「グレート・ギャツビー」が、そしてまた、ヒトラーの「我が闘争」が刊行されている。エイゼンシュテインの映画「戦艦ポチョムキン」、チャップリンの映画「黄金狂時代」

もこの年に公開された。

一九二六年　二月、アメリカに一時帰国し、終生の友となるスクリブナーズ社の編集者、マクスウェル・パーキンズと知り合う。五月、「春の奔流」刊行。八月、ポーリーンとの不倫が露見し、ハドリーと別居。十月、「日はまた昇る」刊行。ヘミングウェイは糟糠の妻ハドリーへの謝罪の意思表示として、この本の印税を終生彼女に贈ることにした。

この年、〝アラビアのロレンス〟ことT・E・ロレンスの「知恵の七柱」が刊行され、川端康成が「伊豆の踊子」を発表している。また、ジャン・ルノワールの映画「女優ナナ」が公開された。

一九二七年　四月、ハドリーと正式に離婚。五月、ポーリーンと再婚。十月、第二短編集「男だけの世界」刊行。

この年、マルセル・プルーストの「失われた時を求めて」の完結版、ヘルマン・ヘッセの「荒野の狼」等が刊行され、芥川龍之介が「或阿呆の一生」を発表している。

一九二八年　四月、パリからフロリダのキー・ウェストに行動の拠点を移す。六月、次男パトリック誕生。十二月、フロリダの土地投資の失敗や鬱病が原因で、父クラレンスが拳銃で自殺。

この年、D・H・ロレンスの「チャタレイ夫人の恋人」が刊行されている。またガーシュウィンの「パリのアメリカ人」が初演された。

一九二九年 四月から十二月にかけて、フランス、スペイン各地ですごす。九月、「武器よさらば」刊行。**十月、ウォール街の株価大暴落、世界恐慌はじまる。**

この年、エーリヒ・マリア・レマルクの「西部戦線異状なし」、ウィリアム・フォークナーの「響きと怒り」、ダシール・ハメットの「赤い収穫」等が刊行され、小林多喜二が「蟹工船」を発表している。

一九三〇年 十一月、ドス・パソスとモンタナ州をドライヴ中、事故を起こす。ドス・パソスは無傷だったが、ヘミングウェイは右腕を骨折して入院。

この年、ハメットの「マルタの鷹」が刊行されている。また、ルイス・マイルストンの映画「西部戦線異状なし」、マルレーネ・ディートリッヒ主演の映画「モロッコ」等が公開された。

一九三一年 ポーリーンの裕福な叔父ガス・ファイファーの援助で、キー・ウェストに居宅を購入。本格的な〝キー・ウェスト〟時代の幕開けとなる。**九月、満州事変起こる。**十一月、三男グレゴリー誕生。十二月、ジス・クォーター誌に短編「海の変化」を発表。

この年、パール・S・バックの「大地」が刊行されている。

一九三二年 九月、闘牛がテーマのノン・フィクション「午後の死」刊行。十二月、映画「武器よさらば」（ゲイリー・クーパー、ヘレン・ヘイズ主演）の試写に招かれるが、結末が原作と異なることを知って出席を拒否。
この年、オルダス・ハクスリーが「すばらしい新世界」を発表し、グレアム・グリーンの「イスタンブール特急」が刊行されている。また、ルネ・クレールの映画「自由を我等に」が公開された。

一九三三年　三月、スクリブナーズ・マガジンに短編「清潔で、とても明るいところ」を発表。八月、新たに発刊された雑誌『エスクァイア』の創刊号に〝モロ沖のマーリン〟と題するキューバ便りを発表。十月、第三短編集「勝者に報酬はない」刊行。十一月、ガス・ファイファーの資金援助で、初めてのアフリカ・サファリ旅行に出発。
この年、アンドレ・マルローの「人間の条件」、ガートルード・スタインの「アリス・B・トクラスの自伝」等が刊行され、谷崎潤一郎が「春琴抄」を発表している。また、映画「キングコング」が公開された。

一九三四年　一月、サファリ中アメーバ赤痢にかかり、ナイロビの病院に入院。このときの体験が短編「キリマンジャロの雪」に生かされた。四月、初めて自分の海釣り用のクルーザーの建造を注文。完成したクルーザー〝ピラール号〟の舵を自ら握って、キー・ウェストに回航。八月、ヒトラーがナチス・ドイツの総統兼首相に就任。
この年、ウィリアム・サローヤンの「空中ブランコに乗った若者」、ジェイムズ・M・ケインの「郵便配達は二度ベルを鳴らす」が刊行されている。ヘンリー・ミラーの「北回帰線」もパリで刊行され、宮沢賢治が「銀河鉄道の夜」を発表した。また、フランク・キャプラの映画「或る夜の出来事」が公開された。

一九三五年　九月、ハリケーンがキー・ウェストを襲い、ハイウェイ建設中の復員軍人四百五十八名が犠牲に。これに憤慨したヘミングウェイは左翼系の雑誌ニュー・マッシズ誌に、政府を厳しく弾劾するレポート、〝だれが復員軍人を殺したか?〟を発表。十月、アフリカでのサファリをベースにした「アフリカの緑の丘」を刊行。
この年、ジョン・フォードの映画「男の敵」が公開された。

一九三六年　四月、エスクァイア誌に、のちの「老人と海」に生かされた実話を含むエッセイ〝青い海で〟を掲載。**七月、スペイン内戦勃発。**八月、「キリマンジャロの雪」をエスクァイア誌に発表。九月、コズモポリタン誌に「フランシス・マカンバーの短い幸福な生涯」を発表。十二月、のちに三番目の妻となる新進女流作家マーサ・ゲルホーンとキー・ウェストで知り合う。

一九三七年　三月、NANA通信（北米新聞連合）の記者としてスペインに赴き、内戦の取材・報道にあたる。四月、オランダの映画監督ヨリス・イヴェンスと共に、共和政府側を支援する記録映画「スペインの大地」の製作にマドリッドで従事。コリアーズ誌の記者としてスペインを訪れたマーサ・ゲルホーンと共に内戦の前線を取材、彼女との仲が急速に深まる。七月、ゲルホーン、イヴェンスと共に、完成した「スペインの大地」をホワイト・ハウスでルーズヴェルト大統領臨席のもとに上映。その後、スペインの共和政府支援資金募金のため、ハリウッドでも上映。この上映会には、ジョン・フォード監督らも出席している。ナレーションはオースン・ウェルズに代わってヘミングウェイ自身が担当した。九月、長編「持つと持たぬと」刊行。

この年、ジャン=ポール・サルトルの「嘔吐」、ジョン・スタインベックの「二十日鼠と人間」、永井荷風の「濹東綺譚」等が刊行され、志賀直哉の「暗夜行路」が完結している。また、ジャン・ルノワールの映画「大いなる幻影」、山中貞雄の映画「人情紙風船」等が公開された。

一九三八年　十月、「第五列と最初の四十九短編」刊行。十二月、「蝶々と戦車」をエスクァイア誌に発表。

この年、ジョージ・オーウェルの「カタロニア讃歌」、ダフネ・デュ・モーリエの「レベッカ」等が刊行されている。また、フランク・キャプラの映画「我が家の楽園」

が公開された。

一九三九年　三月、マドリッドが陥落してスペイン内戦終結。四月、マーサ・ゲルホーンと共に、キューバのハバナ近郊に借りたフィンカ・ビヒア（望楼園）で暮らしはじめる。**九月、ナチス・ドイツ軍がポーランド侵攻。第二次世界大戦はじまる。**

この年、スタインベックの「怒りの葡萄」、フォークナーの「野生の棕櫚」等が刊行されている。またヴィヴィアン・リー主演の映画「風と共に去りぬ」、田坂具隆の映画「土と兵隊」等が公開された。

一九四〇年　五月、イギリス軍ダンケルク撤退。六月、パリ陥落。九月、日独伊三国同盟締結。十月、「誰がために鐘は鳴る」刊行。「武器よさらば」以来の好評で迎えられる。十一月、ポーリーンと正式に離婚し、マーサ・ゲルホーンと結婚。十二月、フィンカ・ビヒアを購入してキューバに移住。ヘミングウェイの〝キューバ時代〟はじまる。

この年、ショーロホフの「静かなドン」が完結、アーサー・ケストラーの「真昼の暗黒」、カースン・マッカラーズの「心は孤独な狩人」等が刊行され、太宰治が「走れメロス」を発表している。またリリアン・ヘルマンの戯曲「ラインの監視」が初演され、チャップリンの映画「独裁者」、ジョン・フォードの映画「怒りの葡萄」等が公開された。

一九四一年 二月から五月にかけて、妻のマーサ・ゲルホーンと共に日中戦争渦中の中国大陸、ビルマ(ミャンマー)、フィリピンを歴訪。中国では周恩来、蔣介石と面会。アメリカに帰国後、日米開戦を予言。十二月、日本軍、ハワイの**真珠湾を奇襲、太平洋戦争はじまる。**

この年、エーリヒ・フロムの「自由からの逃走」が刊行されている。また、ブレヒトの「肝っ玉おっ母とその子供たち」が初演され、オースン・ウェルズの映画「市民ケーン」が公開された。

一九四二年 ドイツのUボート狩りと称して、ピラール号でキューバ付近の海域の哨戒を行う。

この年、アルベール・カミュの「異邦人」が刊行されている。また、ディズニーの長編アニメ「ダンボ」、マーヴィン・ルロイの映画「心の旅路」、山本嘉次郎の映画「ハワイ・マレー沖海戦」等が公開された。

一九四四年 五月、ヨーロッパ戦線を取材すべくロンドンに飛び、のちに四番目の妻となるメアリー・ウェルシュと知り合う。その後、自動車事故に巻き込まれ、五十七針縫う重傷を負う。退院後も数か月、頭痛に悩まされた。六月五日、連合軍のノルマンディー上陸作戦をジャーナリストの専用艦上から観戦。このとき、妻のマーサ・ゲルホーンはひそかに別の艦に乗り込んで上陸に加わっており、ヘミングウェイの鼻を明かした形になった。六月二十二日、イギリス空軍の爆撃機に同乗してドイツ占領地区の爆撃行を体験。七月、アメリカ陸軍第四師団に随行して戦闘の取材を開始。八月、自由フランス軍のパルチザンの兵士たちを率いて情報収集活動を開始する。十月、アメリカ陸軍の特務機関OSSに加わっていた長男のジョンが、ドイツ軍の捕虜になるも、六か月後に釈放される。

この年、マーサ・ゲルホーンの小説「リアナ」が刊行されている。またテネシー・ウィリアムズの戯曲「ガラスの動物園」が初演され、イングリッド・バーグマン主演の映画「ガス燈」、木下恵介の映画「陸軍」等が公開された。

一九四五年　三月、パリを離れてキューバにもどる。鬱と不眠症に悩まされながら、死後「海流のなかの島々」として刊行される〝シー・ブック〟を書きはじめる。五月、ドイツ降伏。八月、広島・長崎に原爆投下。日本降伏。十二月、マーサ・ゲルホーンと正式に離婚。

この年、オーウェルの「動物農園」が刊行されている。また、ビリー・ワイルダーの映画「失われた週末」、マルセル・カルネの映画「天井桟敷の人々」等が公開された。

一九四六年　一月、のちに「エデンの園」と題されて刊行される作品を書きはじめる。

三月、メアリー・ウェルシュとハバナで結婚。

この年、坂口安吾が「堕落論」を発表している。また、ウィリアム・ワイラーの映画「我等の生涯の最良の年」、衣笠貞之助の映画「或る夜の殿様」等が公開された。

一九四八年　十月、メアリー夫人をイタリアに伴い、第一次世界大戦で負傷した地、フォッサルタを再訪。十一月、「海流のなかの島々」に着手。十二月、ヴェネツィアで十八歳の美しい娘、アドリアーナ・イヴァンチッチと運命的な出会いをする。彼女が「河を渡って木立の中へ」のヒロイン、レナータのモデルとなった。

この年、ノーマン・メイラーの「裸者と死者」、大岡昇平の「俘虜記」等が刊行され、谷崎潤一郎の「細雪」が完結している。また、コール・ポーターのミュージカル「キスミー・ケイト」が初演され、ヴィットリオ・デ・シーカの映画「自転車泥棒」が公開された。

一九四九年　六月、長男のジョン、幼時をすごした思い出の地パリで結婚。

この年、ポール・ボウルズの「シェルタリング・スカイ」、三島由紀夫の「仮面の告白」、ボーヴォワールの「第二の性」等が刊行されている。またロジャース／ハマースタインのミュージカル「南太平洋」が初演され、キャロル・リードの映画「第三の男」、ゲイリー・クーパー主演の映画「摩天楼」、小津安二郎の映画「晩春」等が公開された。

一九五〇年 五月、長男ジョンに長女ジョーンが誕生、ヘミングウェイ、祖父となる。**六月、朝鮮戦争勃発。**九月、自己の戦争体験を反映させた長編「河を渡って木立の中へ」刊行。ヘミングウェイの意気込みに反して不評だった。十月、アドリアーナ・イヴァンチッチがヘミングウェイの招きで母親と共にフィンカ・ビヒアを訪問、翌年二月まで滞在する。十二月、「海流のなかの島々」を脱稿したと言明。同じ頃、「老人と海」にとりかかった模様。

この年、トール・ヘイエルダールの「コン・ティキ号漂流記」、レイ・ブラッドベリの「火星年代記」等が刊行されている。また、ロベール・ブレッソンの映画「田舎司祭の日記」、ビリー・ワイルダーの映画「サンセット大通り」、黒澤明の映画「羅生門」等が公開された。

一九五一年 二月中旬、「老人と海」を書き上げたとみられる。六月、母のグレイスが死去。母を嫌っていたヘミングウェイは、葬儀に出席しなかった。十月、二番目の妻ポーリーン、五十六歳で死去。

この年、J・D・サリンジャーの「ライ麦畑でつかまえて」、レイチェル・カースンの「われらをめぐる海」等が刊行されている。またテネシー・ウィリアムズ原作の映画「欲望という名の電車」、ジョン・ヒューストンの映画「アフリカの女王」、成瀬巳喜男の映画「めし」等が公開された。

一九五二年　九月、アメリカの全国誌「ライフ」に「老人と海」が一挙掲載される。五百三十二万部が四十八時間で売り切れて大評判に。直後に単行本も刊行。ヘミングウェイの意向で表紙を飾ったのは、アドリアーナ・イヴァンチッチが物語の舞台コヒマルの漁村を描いたスケッチだった。
この年、トルーマン・カポーティの「草の竪琴」、スタインベックの「エデンの東」等が刊行されている。またジーン・ケリー主演の映画「雨に唄えば」、フレッド・ジンネマンの映画「真昼の決闘」、溝口健二の映画「西鶴一代女」等が公開された。

一九五三年　五月、「老人と海」がピューリッツァー賞を受賞。六月、メアリー夫人と共に渡欧。その後八月までフランス、スペインをまわってからアフリカに渡り、九月に久方ぶりのサファリを開始。
この年、ソール・ベローの「オーギー・マーチの冒険」、レイモンド・チャンドラーの「長いお別れ」等が刊行されている。また、ウィリアム・ワイラーの映画「ローマの休日」、ジョージ・スティーヴンスの映画「シェーン」、小津安二郎の映画「東京物語」、溝口健二の映画「雨月物語」等が公開された。

一九五四年　一月、サファリ終了。一月二十三日、ウガンダのマーチソンの滝に向かう途中、乗ったセスナ機が電線に接触して墜落。ヘミングウェイ死す、の誤報が全世界を駆けめぐった。翌日、アルバート湖に面したブティアバから別の飛行機でエンテベに向かおうとしたところ、離陸時に機が炎上。かろうじて脱出したものの、視力、聴力障害、内臓損傷等の重傷を負った。十月、ノーベル文学賞を受賞するも、体調不良を理由に授賞式には欠席。

この年、ウィリアム・ゴールディングの「蠅の王」、フランソワーズ・サガンの「悲しみよ こんにちは」、トールキンの「指輪物語」等が刊行されている。またジュディ・ガーランド主演の映画「スタア誕生」、ジャン・ギャバン主演の映画「現金に手を出すな」、木下恵介の映画「二十四の瞳」、黒澤明の映画「七人の侍」、本多猪四郎の映画「ゴジラ」等が公開された。

一九五五年　この年は年間を通じてキューバに留まる。飛行機事故の後遺症が残って、体調の不良がつづいた。五月頃から映画「老人と海」の撮影準備はじまる。九月、短編「ファイター」が原作のテレビドラマの主役、ジェイムズ・ディーンが車の事故で急死、急遽ポール・ニューマンが代役をつとめて、十月にNBCで放映。

この年、ウラジーミル・ナボコフの「ロリータ」、パトリシア・ハイスミスの「リプリー」(映画「太陽がいっぱい」の原作)等が刊行されている。また、アーサー・ミラーの戯曲「橋からの眺め」が初演され、デイヴィッド・リーンの映画「旅情」、豊田四郎の映画「夫婦善哉」等が公開された。

一九五六年　アドリアーナ・イヴァンチッチ、ギリシャ人の資産家と結婚。四月、ペルー沖で映画「老人と海」に登場するカジキの大物をピラール号で探すが不調に終わる。六月、セント・エリザベス病院に精神病患者として入院中のかつての師、エズラ・パウンドにノーベル賞の賞金の一部を送る。九月、健康のため医者から転地を勧められ、次男のパトリックが農園を経営するアフリカでサファリを楽しむことを計画。メアリーと共にまずフランスに渡り、そこからスペインに車で向かう。**十月、第二次中東戦争勃発。十一月、エジプトがスエズ運河を国有化。**ヘミングウェイはサファリを断念、パリにもどる。その際、一九二〇年代に書きためたメモや草稿の入ったトランクが、リッツ・ホテルで見つかったとされている。

この年、アレン・ギンズバーグの「吠える」、ジェイムズ・ボールドウィンの「ジョヴァンニの部屋」、三島由紀夫の「金閣寺」等が刊行されている。また、ピエトロ・ジェルミの映画「鉄道員」、ユル・ブリンナー主演の映画「王様と私」、成瀬巳喜男の映画「流れる」、今井正の映画「真昼の暗黒」等が公開された。

一九五七年　過度の飲酒、肝臓肥大、高血圧、不眠症等、体調不良から、鬱、妄想等が顕著になる。九月、のちに「移動祝祭日」にまとめられるパリ時代のメモワールを書きはじめる。十月、ソ連、人工衛星「スプートニク」打ち上げ。

この年、ボリス・パステルナークの「ドクトル・ジバゴ」、ジャック・ケルアックの「路上」等が刊行されている。また、ジェローム・ロビンズ原案のミュージカル「ウエストサイド物語」が初演され、ビリー・ワイルダーの映画「昼下りの情事」、アンジェイ・ワイダの映画「地下水道」、川島雄三の映画「幕末太陽傳」、内田吐夢の映画「大菩薩峠」等が公開された。


一九五九年　一月、キューバのバティスタ独裁政権をカストロが打倒、革命政府を樹立。

ヘミングウェイはアメリカ本土のアイダホ州、ケッチャムに家を購入して移住することを決意。六月から九月にかけ、オルドニエス、ドミンギンという二大闘牛士が直接技を競い合う闘牛シリーズをスペイン各地で見てまわる。その観戦記は「危険な夏」としてライフ誌に掲載されることになっていたが、自力でまとめることができず、友人の編集プロデューサー、ホッチナーの手を借りた。

この年、ソウル・ベローの「雨の王ヘンダーソン」、イアン・フレミングの「ゴールドフィンガー」等が刊行されている。また、ロジャース／ハマースタインのミュージカル「サウンド・オブ・ミュージック」が初演され、小林正樹の映画「人間の條件」等が公開された。

一九六〇年　一月、鬱病と不眠症、神経障害が悪化。六月、日本で安保条約反対運動最高潮に。十一月、ミネソタのセント・メアリー病院に入院。数次の電気ショック療法を受ける。

この年、ジョン・アップダイクの「走れウサギ」が刊行され、ロレンス・ダレルの「アレキサンドリア四重奏(カルテット)」も完結刊行されている。また、フェリーニの映画「甘い生活」、ルキノ・ヴィスコンティの映画「若者のすべて」、ジャン＝リュック・ゴダールの映画「勝手にしやがれ」、大島渚の映画「日本の夜と霧」等が公開された。

一九六一年　一月、ケネディ大統領の就任式に招かれるが、病気を理由に断る。四月、銃で自殺を図るもメアリー夫人に阻止され、再度セント・メアリー病院に入院。五月、生涯の友だった映画俳優ゲイリー・クーパー死去の報に、落胆。六月、退院。七月二日午前七時三十分、ショットガンで自裁。

この年、ジョゼフ・ヘラーの「キャッチ＝22」、バーナード・マラマッドの「もう一つの生活」、川端康成の「眠れる美女」等が刊行されている。また、ロバート・ワイズの映画「ウエスト・サイド物語」、オードリー・ヘプバーン主演の映画「噂の二人」、今村昌平の映画「豚と軍艦」等が公開された。

一九六二年　二月、メアリー夫人、ヘミングウェイが第一次世界大戦で負傷したときの恋人アグネス・フォン・クロウスキーと語り合い、アグネスがヘミングウェイに送った手紙のうち三通を返還する。

一九六四年 五月、「移動祝祭日」刊行。

一九七〇年 十月、「海流のなかの島々」刊行。

一九七九年 一月、最初の妻、ハドリー、八十七歳で死去。

一九八三年 三月、二度目の結婚で二児をもうけていたアドリアーナ・イヴァンチッチ、鬱病のため、五十三歳で自殺。

一九八四年 十一月、アグネス・フォン・クロウスキー、九十二歳で死去。

一九八六年 五月、「エデンの園」刊行。十一月、メアリー夫人、七十八歳で死去。

一九八七年 十二月、「ヘミングウェイ全短編（フィンカ・ビヒア版）」刊行。

一九九八年 三番目の妻、マーサ・ゲルホーン、八十九歳で死去。

一九九九年 七月二十一日、ヘミングウェイの三人の息子、ジョン、パトリック、グレゴリーとその妻たちが、イリノイ州オークパークの、父が誕生した家に集い、父の生誕百年を祝う。

（この年譜は、〝HEMINGWAY:AN ANNOTATED CHRONOLOGY by Michael Reynolds〟、〝THE HEMINGWAY LOG by Brewster Chamberlin〟等を主に参照した）

Title : THE OLD MAN AND THE SEA
Author : Ernest Hemingway

老人と海

新潮文庫　　へ-2-4

令和二年七月一日発行
令和六年五月二十五日　十七刷

訳者　高見浩

発行者　佐藤隆信

発行所　株式会社新潮社
郵便番号　一六二―八七一一
東京都新宿区矢来町七一
電話　編集部(〇三)三二六六―五四四〇
　　　読者係(〇三)三二六六―五一一一
https://www.shinchosha.co.jp

価格はカバーに表示してあります。

乱丁・落丁本は、ご面倒ですが小社読者係宛ご送付ください。送料小社負担にてお取替えいたします。

印刷・錦明印刷株式会社　製本・錦明印刷株式会社

ISBN978-4-10-210018-9 C0197